キスの格言

Contents

キスの格言

00　髪に、思慕《しぼ》。

忘れられない光景がある。

世界で一番キレイで、世界で一番胸が痛む光景。


わたし、古川愛理《ふるかわあいり》は少々名の売れたジュエリーデザイナーだ。けれど、この職業を目指したそもその理由は、実に情けないものだったりする。

それは、『姉から、逃げるため』だ。

わたしには双子の姉がいる。

『古川さん家の似てない双子』は、近所でも有名だった。

天使ような笑里《えみり》ちゃんと、愛想なしの愛理ちゃん。

姉の笑里は美人のお母さんに似て、色白で整った容姿に絹《きぬ》のようなサラッサラの黒髪をしている。

その美貌《びぼう》ゆえ、高校生のときにスカウトされ、シャンプーのＣＭに出演した。それをきっかけに芸能界に入り、今では日本で知らぬ者はいないほどの人気タレントになった。

対するわたしは、頑固《がんこ》で寡黙《かもく》な大学教授の父に姿も中身も似た。無愛想で容姿も十人並みの地味系女子。笑里より優れているところといえば勉強ぐらいだったが、その勉強だって取り立てて成績が良いわけでもなく、地元の国立大学に入れる程度でしかなかった。

でもわたしは、大学に行かなかった。

笑里と一緒に受けた大学入試の答案を、わたしは白紙で出した。

当然わたしは落ちて、無謀《むぼう》だと言われていた笑里は天が味方したのか見事合格。わたしは大学を受け直さず、以前から興味のあったジュエリーデザインを学べる県外の専門学校に入った。

笑里はわたしが家を出ることに最後まで反対したけど、譲らなかった。

笑里は自分たちはずっとずっと一緒で、まるで二人で一人であるかのように思っていたんだろう。だけど、わたしはそうは思っていなかった。笑里と一緒にいるのが、辛かった。

なぜなら、わたしの恋した人が、笑里を愛していたから。

零《れい》ちゃん——萩生田零士《はぎうだれいじ》。六つ年上の、わたしたちの幼馴染《おさななじ》み。

お隣の萩生田さん家は、華道の有名なお家元。一人息子の零ちゃんは、ご近所でも有名な好青年だった。眉目秀麗《びもくしゅうれい》、品行方正《ひんこうほうせい》、知勇兼備《ちゆうけんび》。まさに世の女性の理想を体現したかのような男性。母親同士が従姉妹《いとこ》という関係もあって、幼い頃からわたしたちの良きお兄ちゃん的存在だった。

『レイちゃん、レイちゃん!』と仔犬のようにまとわりつくわたしたちに、零ちゃんはいつだって優しく手を差し伸べてくれた。

零ちゃんは、両親以外でわたしたちを平等に扱ってくれた、初めての人だったのだ。

『泣き虫えみちゃん、意地っ張りあいちゃん』

周囲はそう言って、わたしたちをよくからかった。

その台詞《セリフ》はわたしたちの性格を非常に良く捉《とら》えていたけれど、わたしはそう言われるのが大嫌いだった。

泣き虫は『可愛い』。意地っ張りは『可愛くない』。

そんな風に言われているようで。

でも、零ちゃんはそんなわたしたちの性格を褒めてくれたのだ。

『えみちゃんは、あいちゃんを守りたくて泣いちゃって、あいちゃんは、えみちゃんを守りたくて意地っ張りになっちゃうんだねぇ。二人とも、優しい良い子だ』

そう言って、わたしたちの頭をヨシヨシと撫でる。

こんな風に、わたしたちが抱えるジレンマを、いとも簡単に汲《く》み取ってくれる再従兄《はとこ》を、どうして好きにならずにいられるだろう？

でも小さい頃は『お兄ちゃん』に対するものでしかなかった。それが『男の人』に対するものへと変化したのは中学三年生のとき。

生まれて初めて、男の子から告白されたのがきっかけだった。

高校生の彼は、毎朝同じ電車に乗り合わせていたらしく、いつもわたしを見ていたと言っていた。

有頂天《うちょうてん》になった。なぜなら、生まれて初めて告白されたからということもあるが、彼が笑里じゃなくて、わたしを選んでくれたから。わたしと笑里はいつも一緒だ。彼がわたしを見初《みそ》めてくれたとき、わたしの隣には笑里がいたはずだ。それなのに、彼は笑里ではなくわたしを選んでくれた。

そう思うと、自分に自信がついた。笑里は皆の特別だけど、わたしは彼にとっての特別なんだって。

誰かの『特別』になれることが、あんなにも心の浮き立つことだなんて思わなかった。彼を大事にしたかった。彼と一緒にいる自分を、大事にしたかった。

でも――

『笑里ちゃんは？　一緒じゃないの？』

彼の口からそんな台詞《セリフ》が飛び出すのは、珍しいことじゃなかった。

彼と付き合い出してから、わたしたちは別行動を取るようになった。それはそうだろう。わたしが笑里の立場でも、遠慮してそうする。彼はそれが不満のようだった。

でも『恋』に夢中だったわたしは、彼の言葉に含まれている意味に気づけなかった。いや、本当は彼の態度から薄々察していたけれど、気づかないフリをしていたのだ。

『だって、オレのせいで仲の良い君たちを引き離してるとしたら、悪いじゃん』

そう説明する彼の申し訳なさそうな笑顔を、信じたフリをしたのだ。

彼がそう言うから、と渋る笑里を説得して、今まで通り一緒に行動するようにした。彼も加えて、三人で。

そんなおかしな交際はしばらく続いたが、終わりは呆気《あっけ》なかった。

彼が笑里に告白をしたのだ。

バカな男の子だった。笑里がうんと言うわけがない。

しかも、その告白はマヌケにもウチの前で行われた。家にいたわたしはバッチリと彼の告白を聞いてしまった。

ウチに遊びに来ていた雫ちゃんが帰るというから、わたしは門まで送るつもりで一緒に玄関を出たのだ。

すると、そこに困惑した面持ちの笑里と、笑里の手に縋《すが》る彼がいた。

おそらく彼はわたしを送ってくれた後、その場に居続け、笑里を待ち伏せしていたのだろう。帰り際、『笑里ちゃんはどうしたの？』と訊く彼に、『笑里は委員会で遅くなる』って言っておいたから。

『本当は、君が好きだったんだ。でも高嶺《たかね》の花に思えて……愛理ちゃんを、君の身代わりにしたのは、悪かったと思っている。双子の彼女だったら、好きになれるかもと思った。でも、やっぱり駄目だった。愛理ちゃんの中に君と似たところを見つけるたびに、君を想ってしまったから！』

ガツン、と頭を鈍器で殴られた気分だった。

――やっぱり。

どうしたって、わたしは笑里には勝てない。

笑里は特別だから。わたしなんかが、笑里に敵《かな》うはずないんだ。

小さい頃から抱えてきたコンプレックスが、こんなにもわたしを追いつめたのは、このときが初めてだった。今までは笑里が特別だったとしても、彼女に負の感情は抱かなかった。でも……

――利用された。

このときわたしは、笑里への憎しみを確かに抱いてしまった。

――笑里がいなければ、こんな思いをしなくて済んだのに。

真っ黒い感情に染まってしまう一歩手前で、バキッと鈍《にぶ》い音がして我に返った。

見れば、殴り飛ばされた彼が尻餅をついている。そして殴ったらしい零ちゃんが、ものすごくきれいな笑みを浮かべて、指の関節をボキボキと鳴らしていた。

『――で？　その反吐《へど》が出そうなほど、たわけた言い分以外に、僕の大事な妹たちに言いたいことはあるのかな？』

零ちゃんは笑顔を向けていたけど、異様なまでの殺気に満ちていた。真っ青になって腰を抜かしている少年に、零ちゃんは容赦《ようしゃ》なくたたみかけた。

『笑里に告白する勇気もなくて愛理を傷つけたくせに、やっぱり笑里の方がいいなんて虫が良すぎるよね。君、バカなの？　ああ、バカに決まってるよねぇ。迷惑だから、もう二度とこの子たちの前に現れないでくれる？　次に君の顔見たら、僕何するかわかんないよ』

相手の髪を片手で掴《つか》んでにっこりと笑い、小首を傾《かし》げてみせる零ちゃんはものすごく怖かった。

彼は真っ青になってコクコクと頷《うなず》き、脱兎《だっと》のごとく逃げていった。

零ちゃんはそれを見届けた後、くるりと振り返って、困ったように眉根を寄せた。それからポンとわたしの頭を撫でてくれた。

『泣きなさんな。あんなしょーもない男のために、泣くんじゃない』

その言葉で、自分が泣いていることに気がついた。

『……っ、だ、だって……』

零ちゃんも見てたでしょう？

わたしは、利用されたんだ。

好きでもないのに、好きだって言われて、有頂天《うちょうてん》になってた。

なんてマヌケ。なんてカッコ悪い。

自己嫌悪が一気に噴き出して、わたしはいつの間にかしゃくり上げていた。

すると零ちゃんはわたしに頭突きした。目の前に火花が散って、わたしは呻《うめ》き声を上げた。

『〜〜っ！　いったぁ！　れ、零ちゃん⁉』

『くだらない涙で目を曇《くも》らせてないで、ちゃんと見てごらん、愛理』

そう言って零ちゃんが促《うなが》した方向には、わたし以上にボロボロと涙を流しつつ、般若《はんにゃ》の形相《ぎょうそう》で震える笑里の姿があった。

『え、えみり……⁉』

『許せないっ‼　あの男、最初から気に食わなかったのよ！　わたしから愛理を奪おうとしただけでもムカついてたのに！　でも愛理のためを思って身を引いてやったら、愛理を泣かすなんて！ああああああ！　もいでやれば良かった！』

何をもごうと思ったのかは、あえて聞かなかった。

怒りがおさまらない様子の笑里は、涙を流しながら地団駄《じだんだ》を踏んだ。

その姿を見て、わたしは悟ったんだ。

——ああ、笑里はなんにも悪くない。

わたしが彼を信じたのがいけない。それなのに、わたしはさっき笑里を憎もうとした。

自分のあさはかさにゾッとした。

笑里はわたしを思って、怒って泣いてくれている。

『ごめん……ごめんね、笑里……』

堪《たま》らず笑里に抱きつくと、笑里もわたしを抱きしめ返した。身長百七十センチになっていた笑里と、百五十センチくらいのわたしが抱き合う姿は、はたから見れば、まるで小さな子供がお母さんに甘えているような光景だったと思う。

『バカ！　愛理はなんにも悪くないでしょう！　謝る必要なんかないよ！』

違う。

感情に任せて笑里を罵《ののし》って、関係を壊すところだった。

それを止めてくれたのは、零ちゃんだ。

わたしは笑里の細い腕の中から、零ちゃんを覗《のぞ》き見る。

零ちゃんはやれやれ、といった様子で、こちらを見ていた。

優しい優しい表情だった。

『ありがとう、零ちゃん』

そう言うと、零ちゃんは目を瞠《みは》って、それからクスッと笑った。

わたしが何に対してお礼を言ったのかを、正確に理解してくれたんだろう。

零ちゃんは、わたしの中に潜む笑里へのコンプレックスを知っている。だから、それが爆発する前に止めてくれたんだ。

――零ちゃんが、好きだ。

ふいにそう思った。

零ちゃんみたいになりたい。

こんな風に、大きく深く、大事な人を守れる人になりたい。

――零ちゃんの隣にいられる人間になりたい。

わたしが彼に恋をした瞬間だった。

それからのわたしの生活は、零ちゃん一色だった。

ずっと傍にいたかったし、彼のことばかり考えていた。高校は零ちゃんの通っていたところに進んだし、大学だって、同じところを目指すつもりだった。

でも、それはわたしだけじゃなかった。

笑里も、零ちゃんに恋をしていたのだ。

笑里の恋はずっとずっと前から始まっていた。笑里自身に自覚があったかはわからない。でもわたしは知っていた。うんと小さい頃から、零ちゃんは笑里の王子様で、笑里の目は零ちゃんにしか向けられていないことを。

笑里はすごくキレイでモテるのに、誰とも付き合ったことがなかった。誰に告白されても、絶対に頷《うなず》かない。一度なぜかって訊いてみたことがあったけど、答えは予想通りだった。

『だって、なんかピンと来なくて。零ちゃんの方がカッコイイでしょ？』

そりゃ、あれだけハイスペックな男の人が傍にいたら、同級生の男子なんか目に映らないのはわかる。わたしだってそうだった。そして以前のわたしと同じように、笑里もたぶん零ちゃんに自分が抱いている感情はブラコンの一種だと思い込んでいたのだろう。

でも、ただの『お兄ちゃん』を、あんなに切なそうに見つめるわけがない。

笑里の目は、いつだって零ちゃんを追っていて、その黒目がちの瞳には、確かに恋心が宿《やど》っていた。

いつも笑里の傍にいて、一番笑里を知っているわたしが言うんだから、間違いない。

でもわたしは笑里に何も訊かなかった。

わたしたちはとても仲の良い双子だった。お互いのことが手に取るようにわかってしまう。だから、どこかでバランスを取らなくてはならなかった。その方法の一つが、お互いのことに関して、本人が口にしなければ話題にしない、というものだったのだ。

零ちゃんへの恋心を自覚していない笑里に、わたしが何かを言うのは、ルール違反だったし、そうすることで、零ちゃんを含めたわたしたち三人の関係が壊れてしまうのが怖かった。

わたしは、笑里が零ちゃんへの恋を自覚するのが怖くなった。

だって、笑里は特別だ。美人でスタイルが良くて、明るくて優しくて、本当にスペシャル。皆が笑里を選ぶ。

零ちゃんは唯一、わたしたちを差別したりしないけど、それは、零ちゃんがわたしたちを『女』として見ていないからだ。

もし零ちゃんがわたしたちを『女性』として、見るときが来たら？　そしたら、きっと——

わたしは、その『とき』が来るのを恐れた。

だから、自分の想いもひた隠しにした。

零ちゃんにも笑里にも、絶対にバレないように、今まで通りに徹した。

わたしと笑里と零ちゃん。仲良しの双子と、お兄さん代わりの六つ年上の再従兄《はとこ》。

その関係を、崩さないように、壊さないように。

だけど、わたしの恋は高校三年の秋に終止符を打たれた。

零ちゃんの家の縁側で、呑気《のんき》に居眠りをする笑里の髪に、零ちゃんがそっとキスするのを見てしまったから。

わたしが恐れてきた『とき』は、とっくの昔に訪れていたのだ。

零ちゃんは、笑里を『女性』として見ていた。

零ちゃんは、もう選んでいたんだ。

わたしじゃなく、笑里を――

＊＊＊

その光景を目の当たりにした後、わたしはそっと踵《きびす》を返した。

苦しかった。

でもそれ以上に、あの美しい情景を、壊したくなかった。

だから気づかれないように、静かにその場を去った。

そして、わたしは自分の想いを心の深淵《しんえん》に沈めた。

わたしは逃げたのだ。

笑里から。零ちゃんから。

自分の恋から。

その数ヶ月後、反対する笑里を押し切って、高校卒業を機に地元を離れた。

以来、実家には一度も帰っていない。

笑里が芸能界で活躍していることや、零ちゃんと婚約して東京で一緒に暮らしていることは、親から聞いて知っている。それを聞いて、胸が痛まないと言ったら嘘になる。

だから、会えない。まだ、会えないのだ。

——いつか。

胸の痛みが消えるまで。笑里、あなたを乗り越えられるまで。


わたしは未だ逃げ続けている。

笑里に会うのが、今もなお怖かった。

01　額に、祝福。首筋に、執着。

『ＷＷＪＡジュエリーデザインアワード』

それは日本のジュエリーデザインの頂点を決定するべく、毎年開催されている権威あるコンテスト。つまりこのコンテストで賞を取れば、日本を代表するジュエリーデザイナーとして認められたということになるのだ。

デザイナー歴五年のわたしにとっても、ＷＷＪＡは大きな目標だった。

わたしは地方のジュエリーデザイン専門学校を卒業後、東京にあるデザイン会社、デア・デザインに就職した。最初は先輩デザイナーのアシスタントのような仕事から始め、ようやく自分のデザインを描かせてもらえるようになったのが三年目。ありがたいことに、わたしのデザインはお客様から好評を得たらしく、ぼちぼちと指名がかかるようになってきた。四年目からは、このコンテストにも作品を出すことを許された。

去年、初めて出品した作品は箸《はし》にも棒にもかからなかった。

そのことには大いにショックを受けたけれど、大賞を取った作品を生で見て、「やられた！」と思った。

そこにあったのは、ジュエリーであると同時に芸術だった。芸術――つまり、作家の意志や主張がぎっちりと詰まったもの。

わたしは自分の作品を素晴らしいと思っていたけど、それはお客様――つまり買い手を意識して作られた、商品としての作品だったのだ。もちろん、ビジネスとなればそれは不可欠だ。でも、ＷＷＪＡには必要なかったんだと実感した。

そうわかると、断然ワクワクした。

お客様のニーズに合わせてジュエリーを作るのだって、大好きだ。自分が作ったものを喜んでもらえることや、それを身に着けてもらえる喜びは何物にも代えがたい。

でも、純粋に自分の価値観や世界観を作品にぶつけることができると思うと、やっぱり、クリエイター魂に火が点《つ》くってものでしょう？

だからわたしはこの一年、ＷＷＪＡのために案を練りまくった。日々の仕事の傍《かたわ》ら、時間を作ってはこのコンテストに向けて、作品を作っていったのだ。

そうしてネックレスとリングのセットを作り上げた。タイトルは『御法《みのり》』。

源氏物語をイメージして作ったものだ。

『御法』は四十帖《じょう》目、光源氏の最愛の妻、紫の上が亡くなるという、物語中で最も切ない場面だ。わたしはこの古《いにしえ》の物語の中で、この帖《じょう》が一番ドラマティックだと思っている。

メインの石には、アンダリュサイトを使った。暗いオリーブ色に、オレンジやゴールドが混じるこの石は、複雑な色合いが趣《おもむ》き深い。その複雑さが、愛する人を失って千々《ちぢ》に乱れる光源氏の心情を表すのにピッタリだった。

透明度が高くサイズが大きくなればなるほど、お値段も上がるけれど、透明度の高いものをやっとこさ入手した。ウチの会社は、コンテスト用の作品の制作費用は自分持ちなので、イメージ通りの石を手に入れるのは本当に大変だった。

でも苦労しただけあって、作品の出来は満足のいくものになった。

三色のゴールドを使って平安絵巻の絢爛《けんらん》な雰囲気を出し、中心に角度によって色を変えるアンダリュサイトを置いた。光源氏の涙のようにちりばめたのは、白く輝くメレダイヤと儚《はかな》い色の紫水晶《アメジスト》。アメジストを選んだのは、その紫に最愛の女性、紫の上の気配を乗せたかったから。

イメージを形にするため、試行錯誤を繰り返し、ようやく仕上がったのはコンテストの締切一週間前だった。

自信はあった。

でもグランプリ受賞の知らせを電話で聞いた瞬間は、正直腰が抜けそうだった。

いつでも飄々《ひょうひょう》として見えるらしいわたしが、受話器を握ったまま嬉し涙を流しているのを見て、社長はコーヒーの入ったマグを落としたらしい。

そして今日、授賞式当日を迎えた。式は想像以上に立派なものだった。

国内で唯一のジュエリーデザインコンテスト、ＷＷＪＡは注目度も高い。賞にはグランプリの他に、経済産業大臣賞や厚生労働大臣賞などといった大層な名を掲げたものもあり、審査員には日本有数の美術館の館長や大手ファッション誌の編集長、著名な大学教授などが招かれていて、各種メディアもかなりの数がやってきていた。

そんな中で、壇上に上がるなんていう経験は、わたしの地味な人生においては当然初めてのこと。ガチガチに緊張してしまい、トロフィーを受け取るだけで精一杯だった。受け取った瞬間、たくさんのフラッシュを浴び、目の前が真っ白に眩《くら》んだ。

受賞者スピーチでマイクを握らされてしまったけれど、パニクって何を言ったかは全然覚えていない。きっと支離滅裂《しりめつれつ》な内容だったに違いない。できることなら、その場にいた人たち全員の記憶を抹消《まっしょう》してしまいたいくらいだ。

その後は会場にて受賞パーティーとなり、グランプリを受賞したわたしにいろんな人が話しかけてきた。それらは当然仕事に繋がる可能性を秘めている。緊張しっぱなしだったが、なんとか応対を続けていた。

そんな中、背後から強い視線を感じた。

——なんだろう？

首筋がビリビリするような、強烈な刺激。

なんだかちょっと怖くなって、わたしはさりげなく振り返る。

ドクリ、と心臓が音を立てた。

強烈な眼差しだった。

いや、眼差しだけじゃない。

その人自身が強烈な存在感を放っている。

視線の主《あるじ》は、背の高い男性だった。仕立ての良いスーツに身を包み、驚くほど整った容姿の二十代後半くらいの男性。唇の両端を緩《ゆる》く上げている微笑が、なんとも言えず甘い。

そんな彼の深い二重瞼《まぶた》の瞳は、ブラックスピネルのようだった。

漆黒の尖晶石《スピネル》――闇を凝縮したかのような混じり気のない黒は、他を寄せつけない煌《きら》めきで見る者を魅了する。

彼も、同じだった。

壮絶なまでの色気を放って、周囲の視線を釘づけにしている。

極上の美丈夫《びじょうふ》。

だけど、わたしは魅せられると同時に怖くなった。

黒尖晶石《ブラックスピネル》のギラリとしたその輝きは、抜き身の刃物のようでもある。

――あの男は、危険だ。

とっさに、そう思った。

今まで、こんなにも心がざわついたことはなかった。

二十五年間の人生の中で、男性経験がないわけじゃない。それなりに、お付き合いをしてきた人もいる。

けれども、わたしはいつだって冷静だった。

誰かに溺《おぼ》れたりはしない。

自分を制御できなくなるほどの強い感情は、わたしには必要ない。

もしそんな『想い』を抱いたら、己だけでなく、他人をも傷つけるだろう。

――大切な、笑里。

――大好きな、零ちゃん。

何よりも守りたい二人を思い出して、わたしは唇を噛んだ。

わたしは『恋』をしないと決めていた。

だから、見なかったことにした。あの男がわたしに視線を向けていたことも、その視線がやたら熱を帯びていたことも。

わたしは談笑していた相手に向き直った。目の前にいるのは、審査員だった経済産業大臣代理の小太りのおじさん。わたしはニコリと微笑んで、少々強引に会話を再開した。

「ええと、ごめんなさい、ちょっと背中にゴミが。それで、なんでしたかしら?」

「ああ、工房はどちらなのかと」

「ああ、ええと、勤めているのはデア・デザインといって……」

ところが会話は、唐突に中断された。

低く甘いバリトンボイスによって――

「失礼。ちょっと彼女をお借りしても?」

そんな声掛けと共に、わたしとおじさんの間に長い腕が割り込んできた。

「え」

その腕はなんとわたしの腰を掴《つか》んだ。

仰天《ぎょうてん》して顔を上げると、先ほどの美丈夫《びじょうふ》がわたしを見下ろして甘く笑っている。

「な……」

動転するわたしの代わりに、おじさんが憤慨《ふんがい》して声を荒らげた。

「なんだね、君は！」

そりゃそうだ。話をしている人たちの間に割り込むなんて、無礼にもほどがある。

だが美丈夫《びじょうふ》は悪びれた様子もなく、おじさんに顔を向けた。

「申し訳ありません。彼女のご家族から緊急の連絡が入ったんです」

——え？

わたしはポカンとして彼を見た。

家族からの連絡？

両親ならば直接わたしに電話をかけてくるはずだ。

——笑里、かな？

今や『エミリ』として有名になった姉は、その美貌《びぼう》とイヤミのない天真爛漫《てんしんらんまん》さで、あっという間にお茶の間の人気者になってしまった。

有名人となった双子の姉と、わたしは今ほとんど連絡を取っていない。

——わたしが、逃げたから。

昏《くら》い考えに引き込まれそうになったけれど、慌てて平静を取り戻す。

この男に見覚えはないけど、もしこの人が芸能関係者で笑里の知り合いだとすれば、わたしを凝視していたのも頷《うなず》ける。

おじさんは男の顔に見覚えがあったのか、あっと息を呑んで叫んだ。

「君、望月《もちづき》くんか！　あの、実業家の！」

「恐縮です」

「いやぁ、噂は伺っているよ！　この間修築した老舗《しにせ》ホテル、大評判だそうじゃないか！　私もそのうち、家内と行こうと思っているんだよ」

「ありがとうございます。お待ちしてますよ」

「いやぁ、君とは一度話をしてみたいと思っていたんだよ。君は古い会社の再建にこだわっているようだが、それはどうしてなんだい？」

テカテカとした顔を綻《ほころ》ばせ、おじさんが言う。

どうやらこのイケメン、有名な実業家のようだ。

イケメンで実業家なんて、胡散《うさん》臭いことこの上ない。

おじさんは話をしたがっていたが、イケメンはやんわりと断った。

「それはまた、次の機会に。今は彼女に伝えなくてはならないことがありますので……」

「おっ、そうか。そうだったな、それはいけない。どうぞどうぞ」

男はにっこりと艶《つや》やかな笑みを見せて礼を言い、「さぁ」とわたしを連れ去った。

その所作が実にスマートで、わたしは言われるがままになっていたが、ハッとして男に訊《たず》ねた。

「あの、あなたはどちら様なんでしょう？　笑里——姉の、知り合いなの？」

わたしの声に、美丈夫《びじょうふ》がこちらを見下ろして眉を上げた。

「名前は望月悠基《ゆうき》、職業は……実業家、かな？　ちなみに、エミリちゃんとやらとは、知り合いではないね」

「じゃあ家族からの連絡って」

するとと男はクスッと笑った。

そんなキザな笑い方が様《さま》になるから、イケメンってのは本当にタチが悪い。

「君、思ったより初心《うぶ》だね。あれは、君を攫《さら》うための嘘だよ。あのまんまじゃ当分、オレの番は回ってこなかった。オレ、せっかちなんだよ」

「――はぁ？」

わたしは思わず声を上げた。

こいつ、とんでもない無礼者だ。

――ムカつく。

わたしはグッと足を踏ん張って、男の歩みを止めた。そして彼の腕を振り払って、男を睨《にら》み上げる。

「騙《だま》すなんて！　わたしは家族に何かあったのかって心配したのに！」

すると男は驚いたように目を丸くして、掌《てのひら》を顔の前に掲げて見せた。

「君と早く話してみたくて、いてもたってもいられなかったんだ。ごめん」

あっさりと謝られて、わたしは調子が狂った。

こんなに素直に謝られると、敵愾心《てきがいしん》が緩《ゆる》んでしまう。わたしは気持ちを奮《ふる》い立たせるために、さらに眉を吊り上げた。

「話してみたいからって、そんな子供みたいな……理由になりません」

「うん。そうだね。ごめん。……でも、君も悪いんだよ」

「は？」

イケメンの言い草に、わたしは声を荒らげた。

——わたしの何が悪いって言うんだ。

すると男は、ブラックスピネルの瞳でわたしを射抜いた。

ぎゅん、と心臓が縮こまる。

「さっきオレと目が合ったのに、君、わざと無視しただろう？　そういうの、危ないって知っておいた方が良い。男は逃げられると、追いたくなる生き物なんだ」

——しっ、知るかボケぇえええ!!

できればそう言って張り倒してやりたかった。でも、できなかった。情けないことに、わたしはこの男の醸《かも》し出す色気にやられていたのだ。

だって仕方ない。こんな色気を振りまかれたら、あの某国元首相の『鉄の女』だって蕩《とろ》けるに決まってる。

——ダメだ。この男はフェロモンの塊《かたまり》だ！　危険過ぎる！

金魚みたいに口をパクパクさせるわたしに、男は目元を緩《ゆる》めた。

「この後は？」

「この後？」

「うん。何もなければ、オレと食事に……」

「お断りします！」

わたしは間髪いれず答えた。

このイケメンは危険人物だ。一分一秒でも一緒にいない方が良い。なのに、食事⁉　冗談じゃない。

「とにかく、わたし戻りますから」

逃げるが勝ち！　と身を翻《ひるがえ》そうとしたが、イケメンはしぶとかった。

大きな手でがっちりとわたしの手首を掴《つか》む。

——ちょ、おいおい！

ブンブンと手首を振ってみたが、外れない。

「は、放して」

「理由は？」

「なんの⁉」

——むしろお前の行動の理由を説明しやがれ、こんちくしょう。

半分涙目のわたしに、男は剣呑《けんのん》な表情をして、肩を竦《すく》めた。

「オレと食事に行かない理由」

「行きたくないからですよ」

「なんで？」

「な、なんでって……！」

わたしは面くらった。――食事を断るのに理由がいるのか。

唖然《あぜん》とするわたしを尻目に、男は無駄に整った顔をぐっと近づけてきた。

――イヤイヤイヤイヤ！　近い近い近い！

「オレは君と食事に行きたい。君ともっと一緒にいたい。君を、もっと知りたい」

――ちょ、お前もう黙れ！

茹でダコみたいになっている自覚があった。顔が熱い。

ここはまだ会場なのに、こんな公衆の面前で、このイケメンは何を言っているんだ！

恥ずかしい。恥ずかしくて死ねる。

ガツンと言ってやらないとわからないんだ！　と思い、男をギッと睨《にら》んだわたしの目に、赤いものが映った。

イケメンの首すじに、こっそりと咲いた、紅い花。

――キスマーク。

男性経験の少ないわたしにだって、それがまだ、真新しい痕《あと》だということはわかる。つまりこの男は、誰かとベッドを共にしてから間もない。その直後、わたしにモーションをかけているってことだ。

――サイテー。

顔の熱が一気に引いていくのを感じた。

まぁ、そうよね。こんなイケメンが、わたしなんかに声をかけること自体がおかしいんだ。

何か目的があるのかもしれない。

わたしは冷たく言い放った。

「他にも女性はたくさんいますよ。あなたくらいハンサムなら、いくらだって……」

男はわたしの物言いに何か感じたのか、眉をひそめた。

「……オレは、君がいい」

「すみません、他を当たってください」

わたしは男の顔も見ずに言った。すると男は沈黙する。

「手、放してもらえますか？」

「……イヤだって言ったら？」

「はぁ!?」

苛立って顔を上げると、男は満足気な笑みを浮かべていた。

「やっとオレを見た」

「……なっ！」

一度引いた顔の熱が、再燃してしまう。わたしは意地でもこの手を振り払ってやろうと力を込めた。その瞬間、男が「あ」と言って、何かに気づいたような表情をしながら自分の口元を指差した。

「ここ」

――え？

口紅が落ちてしまってた!?　と焦《あせ》って口に手をあてた瞬間、額に柔らかな感触があった。

ちゅ、と音がする。

「――な、にを……」

呆然《ぼうぜん》とするわたしに、男は不思議そうな顔をした。

「え？　わからなかった？　じゃあもう一回」

ちゅ。

また音がした。今度はちゃんとわかった。自分が何をされたか。

わたしはガバッと額に手をやる。

こいつ！

わたしのオデコに、キスを……？

ヒューッと口笛が鳴り、周囲がワッと沸いた。

公衆の面前だったことを、あまりのショックで失念してしまっていた。

「な、な……!!」

「熱いねえ、お二人さん！」

「やるなぁ、古川さん！」

周囲からからかわれ、わたしはいたたまれなくなって再びイケメンを睨《にら》んだ。

――あんたのせいだよっ！　どうしてくれるっ！

そういう意味を込めて。

それなのに、このイケメンはニヤリと口元を歪《ゆが》ませて、

「祝福のキスだ」

と的外れなことを言った。

「受賞おめでとう、の意味だよ」

——おめでたいのはおまえの頭じゃボケぇええええ！

気がついたら、イケメンに平手打ちをかましていた。


これが、わたしと悠基の出会いだった。

彼と、まさか一緒に仕事をすることになるなんて——まして、仮初《かりそ》めにも抱き合う関係になるなんて……このときは想像もしていなかった。

02　耳朶《じだ》に、誘惑。

ＷＷＪＡのグランプリを受賞したおかげで、大きな仕事が舞い込んだ。

Ｆ県にある明治時代から続く老舗《しにせ》ホテル『汐騒館《しおさいかん》』からの依頼だった。

汐騒館は、かの鹿鳴館《ろくめいかん》に似た外観の建物で、歴史を感じさせる重厚な雰囲気が人気のホテルだ。

だが近年の不況のあおりを喰らって経営難に陥《おちい》り、経営者は株と共に経営権を売りに出した。新たに経営者となったのはヤリ手実業家らしく、旧従業員をそのまま雇用しつつも、教育係として優秀な人材を送り込むことで、新たなサービス体制を作り上げた。そのおかげで汐騒館は持ち直し始めているらしい。

その『汐騒館』で、ウエディングイベントの企画が持ち上がった。

古風な建物の雰囲気を活《い》かした、新しいウエディングプランを提示することで、若い世代の集客を狙ったものだ。会場作り、花、料理、ドレス、アクセサリーにはその道で著名なスペシャリストを起用し、イベント当日にはメディアを呼んで大々的に宣伝をすることになっているらしい。かなり大がかりな企画のようだ。

わたしはなんとその一員に選ばれたのだ。

なんでも、新しく就任した経営者が、今回ＷＷＪＡでグランプリを取ったわたしの作品を見て『ぜひ！』と熱いオファーをしてきたとのこと。

これはチャンス以外の何物でもない。

賞を取ってから、初の大仕事。これでいい仕事ができれば、わたしのジュエリーデザイナーとしての名が一気に広まるだろう。

わたしはこの仕事が好きだ。そして誇りを持っている。

キャリアアップできるチャンスは、絶対に逃したくない。

だから、社長からこの依頼について聞かされたとき、一も二も無く飛びついた。

——絶対に、成功させてみせる！

わたしは意気込んで、Ｆ県へ向かう飛行機に乗った。

降り立った空港で、仰天《ぎょうてん》させられる羽目《はめ》になることも知らずに。

＊＊＊

——これは一体どういうことか！

目の前の光景が信じられず、わたしは何度も目を擦《こす》った。だけど目に映るものは変わらない。

ということは……

「そんなに目を擦《こす》っても、オレは消えたりしないよ。残念だけど」

彼は皮肉気な笑みを口元に浮かべて言った。

「なっ……！」

「また会ったね、古川愛理ちゃん」

絶叫したい衝動をグッと抑えて、わたしは目の前のイケメン——授賞パーティーで、わたしのオデコにキスをかましたキザ男を睨《にら》みつけた。

涼しげな表情のイケメンは、今日はスーツではなくグレーのジャケットに、バーリーウッドの細身のパンツというラフなスタイルをしている。そして良く見れば、ジャケットの襟元には、白いフェルト素材の小さな花が咲いている。中央には、暗緑色《あんりょくしょく》の天然石。

っていうか、ブートニエールなんて小洒落《こじゃれ》たものを実際につけてる人、初めて見たんですが。そして全く違和感がないんですが。イケメン恐るべし！

「あなた、何者なんですか」

わたしは心持ち緊張しながら、持っていたスーツケースの取っ手をぎゅっと握りしめた。

とても偶然とは思えない。東京から離れたこんな地方の空港で、この男と再会するなんて。

警戒するわたしとは逆に、男はひどく嬉しそうにニタリと笑った。

「君の雇い主、かな」

「――――は?」

何言ってんのこの人。

目を点にするわたしに、イケメンはさらに追い打ちをかけた。

「君をここに呼んだのは、オレだ」

「イヤイヤイヤ、わたしはここに仕事に来たんですよ」

「知ってる。オレがその仕事の発案者だ」

「…………え?」

顔からサーッと血の気が引くのがわかった。

そうだ。汐騒館は経営者が代わって、ヤリ手だという新任の人がこのイベントを企画したって……

「し、汐騒館の経営者が代わったって聞いたけど……」

まさか。

カクカクとロボットのような動きで見ると、男は実に満足そうに目を細めてこれ見よがしにゆっくりと頷《うなず》いた。

「望月悠基。汐騒館の新しい経営者です。よろしくね、愛理ちゃん」

ぅわああああ。

わたしは文字通り、頭を抱えた。初《しょ》っ端《ぱな》からコレか。

泣いても、いいだろうか。

だがしかし！　セクハラ上司なんざ、ごまんといる世の中だ。

古川愛理、二十五歳。雇い主がいけ好かない男だからといって、一度受けた仕事を投げ出すほど、お子様じゃあございません。この仕事を受ける前に、経営者がどんな人物なのかをちゃんと確認していなかったわたしにも非がある。


そんなわけで、わたしは今、いけ好かないイケメン――こと望月悠基のベンツの助手席に乗り込んでいる。Sクラスの真っ白なベンツ。……似合い過ぎてちょっと引いた。

ムスッとして助手席に腰を落ち着けると、悠基は運転席からわたしに覆《おお》い被さるように身を乗り出してきた。

ふわりと鼻腔《びこう》をくすぐるのは、甘過ぎないグリーンノート。これはきっと、エルメスの『ナイルの庭』だ。

「……ちょっと!!」

仰天《ぎょうてん》して大きな体躯《たいく》を押し戻そうとすると、その前に悠基の左腕がシュッと動いて、わたしの右脇に降りた。

——え？

拍子抜けしていると、カチン、と硬質な音が鼓膜に響いた。見下ろすと、骨ばった男らしい左手が、わたしのシートベルトの金具を留め具に収めている。

——シートベルトをしめてくれたんだ……

ってイヤイヤ。そんなもん自分でできるけど。

反抗心と、勝手に勘違いした気恥ずかしさにものを言えないでいると、目の前にあった切れ長の目尻が下がった。

「このシートベルト、コツがいるんだ」

「ぁあ、そうなんですか」

わたしは動揺を隠すため、必死で無表情を作る。

けれど、この百戦錬磨《ひゃくせんれんま》のキザ男には、そんなわたしの心の内なんて手に取るようにわかるんだろう。クスリ、と小さく笑われ、ムッとする間もなく、わたしの耳元にバリトンが吹き込まれた。

「キレイだね」

またからかわれたと思って睨《にら》みつけると、悠基は甘く笑んで、目尻をさらに下げた。さっきシートベルトを締めてくれた大きな左手が、わたしの耳たぶに触れる。

悠基はぶら下がっているサンストーンのピアスに触れた。

さっきの『キレイ』はこのピアスに対しての言葉だったとわかると、怒りも冷めた。

悠基の視線が、ピアスに注がれるのをわたしは黙って見つめていた。後から考えれば、このとき

「やめてください」って叫べば良かったのに、わたしはバカみたいに彼の黒い瞳を眺めていた。

だって、キレイだったから。

濡れていて、澄んでいて、磨いたばかりのブラックスピネルのようだ。

その瞳が、くるっと動いてこちらに向けられ、わたしは我に返った。

目が合うと、悠基はわずかに目を細めた。その眼差しに、心臓がドキンと音を立てる。

奥に熱を孕《はら》んだ、この表情。初めて会ったパーティー会場で向けてきたのと同じものだ。

切なげで――そう、まるで懐《なつ》かしいものを見るかのような眼差し。

――どこかで、会ったことがあるとか？

そう考えてみたけど、わたしの記憶のどこを探してもこんなイケメンはいない。

じゃあなぜ、この人はこんな目でわたしを見るんだろう？

ぼんやりと考えていると、悠基がつん、とピアスを優しく引っ張った。

「このピアスも君がデザインしたもの？」

わたしは頷《うなず》いた。このサンストーンのピアスは、ゲン担《かつ》ぎのためにここに来る直前に作ったものだ。

サンストーンは、『勝利の石』とも言われるから。

すると悠基はふっと表情を綻《ほころ》ばせた。そこには、さっきまでのからかうような色は欠片《かけら》もなかった。

「さすがだな。見込んだ通りだ」

「え？」

「サンストーン……このシャンパンカラーは、オレゴン産だね。……君に良く似合う」

甘味を帯びた声をかけられ、わたしはギョッとして身を引いた。

——油断も隙もない！

「お世辞は結構です」

身を捩《よじ》っても、悠基はピアスから手を離そうとしない。

「サンストーンの別名を知ってる？」

ジュエリーデザイナーのわたしを、バカにしてるんだろうか。

「ヘリオライトでしょう？」

ムッとしながら答えると、悠基は片眉を上げた。

「そう。太陽神アポロンの石だ。さしずめ君は、アポロンに言い寄られて逃げる憐《あわ》れな乙女ダフネってところか」

——なんて、自信過剰な。

美しいダフネを見初《みそ》めた太陽神アポロンが、嫌がる彼女に無理矢理迫るが、ダフネはアポロンから逃れるために月桂樹《げっけいじゅ》に姿を変える、というギリシャ神話のお話。

それにしても、自分を美貌《びぼう》の男神アポロンにたとえるなんて、この人は自分がイケメンだってわかっているんだろう。ちょっと腹が立つ。

「そうですね。今なら憐《あわ》れなダフネの気持ちがわかる気がします。月桂樹《げっけいじゅ》になってでも逃れたかったんでしょうね」

大体わたしはダフネみたいな美女じゃない。

脳裏《のうり》をよぎるのは、絹《きぬ》のような黒髪をなびかせて、キラキラの笑顔を見せる美貌《びぼう》の姉。

——笑里。

宝石みたいな笑里。ただの石ころなわたし。

だから、この人だって、わたしをからかってるだけなんだろう。

初めて会ったあのパーティーでだって、キスマークを首に付けてたじゃないか。

——惑《まど》わさないで。

「すみません、少し距離が近いんですが」

ピアスを弄《いじ》っていた彼の指が、すっと耳の裏を撫でたので、わたしはついストレートに文句を言ってしまった。仕事の依頼主にこんな口をきいてマズかっただろうかとヒヤリとしたが、よく考えればこの男の行為はセクハラだ。これくらい言ってもいいだろう。

「残念だけど」

妙に落ち着いた声に反応して顔を上げた瞬間、耳に温かな感触があった。

——え。

頬に彼の髪があたってチクチクする。グリーンノートが濃厚に香った。

ちゅ、というバードキスの音が、やたら卑猥《ひわい》に脳に響いた。

ぞくん、と耳に甘い痺《しび》れが走る。

身を強張らせるわたしの耳に、悠基はもう一度だけ、ちゅ、とキスを落とし、ブラックスピネルの瞳でまっすぐに射抜いた。

「俺はアポロンほどマヌケじゃない。たとえ君が月桂樹《げっけいじゅ》になったって逃がしたりはしないから」

「っ……どういう意味」

ギッと睨《にら》みつけると、悠基はニヤリと笑った。

「鈍《にぶ》いね。オレは君が欲しいって言ってるんだ」

「欲しい？」

わたしは悠基の言葉をおうむ返しすることしかできなかった。

悠基はちょっと困った顔で笑う。

「そんなに意外だった？　結構露骨《ろこつ》なアプローチだったと思うんだけど」

「アプローチ……初対面でのデコチューや、今の耳チューのことですか？」

わたしの淡々とした口調に、悠基は苦笑を深めた。

「……まぁそうかな」

「単なるセクハラだと思ってました」

「セクハラ……」

悠基が絶句するのを見て、わたしは愉快になった。自信満々の美丈夫《びじょうふ》が自分の言葉に動揺する姿なんて、滅多《めった》にお目にかかれるものじゃない。

思わずクスリと笑うと、悠基は拗《す》ねたように唇をへの字に曲げた。

「結構人が悪いんだな」

「そうですか？　率直に言っただけですよ」

「ひどい」

「どっちが」

テンポの良いやりとりが、小気味良かった。

と同時に、そんな自分に驚いてもいた。

わたしは基本的に非社交的な人間だ。

口下手で、他人となかなか仲良くなれない。

明るく誰とでも親しくなれる笑里とは正反対だ。

社会人になってからはさすがに少しは改善されたけど、誰かとこんな風に軽口を叩き合ったりすることは、ほとんどない。

まして、悠基はわたしの雇い主だ。

わきまえるべきだ、と頭ではわかっているのに、悠基とのこの気の置けない関係を壊したくないと思ってしまっている。

――いけない。

わたしは目を閉じて、自分の気持ちに歯止めをかける。

ダメだ。これ以上欲してはいけない。

「…………君は」

悠基の静かな声が聞こえた。その声がまるで本当のわたしを探るように聞こえて、目を開けた。

――誰にも、入らせない。わたしの心の奥には。

目を開けると、眼前に漆黒の瞳があった。

ブラックスピネルの輝きを彷彿《ほうふつ》とさせる瞳は、今は真摯《しんし》で、一途《いちず》で、どこか切ない色をしていた。

――祈りのようだ。

そう思った。

昔、これと同じような目の色を見たことがある。

忘れられない、あの光景。

この上なくキレイで、この上なく胸が痛い光景。

青年が、眠る少女を見つめている。とても優しげに。とても切なげに。

――零ちゃん。……笑里。

わたしの笑里。大好きで、大嫌いな、わたしの姉。

わたしは大いに動揺した。笑里を想うとき、決まって複雑な感情に襲われる。両極端の想いが寄せては引き、引いては寄せる。それは考えれば考えるほど心をざわつかせ、わたし自身を思考の坩《る》堝《つぼ》へと呑み込んでしまう。

――ダメ。イヤだ。

その先には負の感情が待っている。どす黒く汚い感情。

「愛理」

昏《くら》い深淵《しんえん》の一歩手前でわたしを踏み止まらせたのは、わたしの名を呼ぶ低い声だった。

ハッとして意識を現実に戻すと、悠基が眉根を寄せてこちらを見ていた。

「大丈夫か？　なんだかぼんやりとしていたが」

「……大丈夫です」

わたしはかろうじてそう告げた。

――イヤになる……

笑里のことを考えるたびに、こんな風になってしまう自分に、ほとほと嫌気がさす。

進歩がない。ちっとも前へ進めていない。

情けなさに、心が冷えた。

震えそうになる手を、ギュッと握る。

見えないように握った拳《こぶし》の上から、悠基が大きな手で覆《おお》う。

とっさに振り払おうとした瞬間、じんわりとした温もりが伝わり、力が萎《な》えた。

温かい手。

胸にこみ上げる、この感情はなんだろう。

考える間も与えずに、悠基が言った。

「君が好きだ」

その台詞《セリフ》は静かだったけれど、ダイレクトにわたしの心に切り込んできた。

わたしは絶句した。

仕事仲間だからそんなことを言うべきではないとか、会ったばかりの人間に何を言ってるんだとか、そういう常識的な理屈が理由ではなかった。

ただ、動けなかったのだ。

まるで蛇に睨《にら》まれた蛙《かえる》だった。

悠基は別に怒っているわけでも、威嚇《いかく》しているわけでもない。

ただ、わたしをまっすぐに見ている。

その瞳が、恐ろしくキレイで、その美しさに動けなくなってしまったのだ。

反応を示さず固まっているわたしに構わず、悠基は続けた。

「初めて見た瞬間から、君が欲しかった。オレと付き合ってほしい」

わたしは呆然《ぼうぜん》としたまま、悠基の言葉を繰り返した。

――わたしが、欲しい？　付き合う？

その言葉は何度か脳の表面を上滑りした後、ようやく浸透した。

まずわたしが思ったことは、

――何をバカな。

だった。

「無理です」

即答し、悠基の手を振り払う。

彼はわたしの回答を予想していたのか、いささかの動揺も見せずにすぐさま訊《たず》ねてきた。

「なぜ？」

「なぜ？　よくそんなことが言えますね。あなた、恋人がいるでしょう？」

そうだ。悠基の首にあった所有の徴《しるし》。あのキスマークを見たのは、つい二週間前だ。

悠基はわずかに首を傾《かし》げた。

「いない」

「嘘をつかないで。初めて会ったとき、あなたの首にあったキスマークを見てるんです」

唸《うな》るように言うと、悠基はフッと笑った。

「……ああ、それであのとき、急に態度が変わったのか」

わたしはカッとなった。

「最低ですね、恋人がいるくせに。悪いけれど、わたしは不誠実だとわかっている男性とお付き合いするほど、自虐的じゃな……」

わたしの非難は、ふいに口元に覆《おお》い被さった悠基の掌《てのひら》によって遮《さえぎ》られた。

目を瞠《みは》るわたしに、悠基は言った。子供に言い聞かせるような口調だった。

「恋人は、いない。確かに君と初めて会ったあの授賞式までは、そういう関係の女性はいた。だが、あの後すぐ別れたよ。——君と出会ってしまったから」

わたしは首を振って悠基の手から逃れた。

「ずいぶん、都合がいい」

吐き捨てるようなわたしの台詞《セリフ》に、悠基が苦笑した。

「信じられない？」

「信じられるほどわたしはあなたを知らないし、あなたがわたしを好きだという理由もわからない」

わたしはヒステリックに言った。なぜだか妙な不安にとらわれていた。ここから逃げ去りたい気持ちを必死で抑える。

ギュッと握ったわたしの拳《こぶし》を、悠基がそっと取った。いつの間にか、また強く握りしめていたらしい。関節部が浮き出て、ひどく冷たくなっている。悠基の手の温もりが優しく、わたしはされるがままになっていた。

「君の名前は、あの受賞式の前から知っていた。オレはこのウエディングイベントのためのジュエリーデザイナーをずっと探していた。そんなとき、ある工房の出している星座のシリーズのアクセサリーに惹きつけられて、そのデザイナーを調べたんだ。それが君だった。その矢先に、君がＷＷＪＡでグランプリを獲《と》ったんだ。運命だと思った。このイベントに絶対必要だと思い、コネを使ってなんとかあの授賞式に潜り込んだ。そして君を見つけた。――一目で心を奪われた」

無理だ。

そんなの、信じられない。

わたしは首を振った。

そんなわたしを見て、悠基が切なげに顔を歪《ゆが》める。

「……どうして、そんなに怯《おび》えた顔をするの」

「怯《おび》えてる？　わたしが？」

確かに怯《おび》えている。――でも、何に？

答えは決まっている。この男――悠基に、だ。

悠基はわたしが固く閉じて鍵をした心の箱を開けようとする。

あの日からずっと、必死になって押し殺そうとしている、わたしの中の汚く醜《みにく》い感情をさらけ出させようとする。

最初から、わたしは怯《おび》えていたのだ。悠基のスピネルみたいな眼差しを感じたときから。

「何がそんなに怖い？　愛理。君も、オレに惹かれてる。違う？」

宥《なだ》めるようなその台詞《セリフ》を、自信過剰な妄言《もうげん》だと笑い飛ばせるほど、わたしは強くなかった。

悠基に惹かれている。本能的に、どうしようもなく。

内側にまで切り込もうとする悠基を、わたしの一部が受け入れろと叫んでいる。

でも、ダメなんだ。

「惹かれてない」

わたしは嘘を吐いた。

わたしはもう恋なんかしないって、決めたんだから。

でも悠基はわたしの嘘を見透かしているようで、くしゃりと笑った。

「――うん」

相槌《あいづち》がどうしようもなく優しくて、わたしはカッと顔が赤くなるのがわかった。

悠基は、わたしが自分に惹かれていると確信している。

それは自分への自信もあるのだろう。でもそれだけじゃない。

悠基は、わたしとの間にある何かを、信じている。

『何か』

それはあえて言うなら、『運命』とか。

恥ずかしい。冗談じゃない。そう思いながらも、わたしもどこかでわかっていた。あの授賞式の会場で悠基の視線を感じたときから、彼がわたしにとっての『特別』だとわかっていた。

だからこそ、怖い。

この差し伸べられた手を取った後、悠基がもし、心変わりしてしまったら……？

だって、わたしは自分の中にある醜《みにく》い部分を、必死で隠している。

あの美しく優しい姉を、憎むわたしを。

浅ましい嫉妬《しっと》と羨望《せんぼう》、愚《おろ》かしい自己憐憫《れんびん》。

わたしが抱えるそれらの醜悪《しゅうあく》なものを、悠基が知ったら……？

きっと、握った手を離してしまうだろう。

だから、わたしはイヤイヤをする子供のように首を振った。

「あなたなんか、好きじゃない」

でも言葉を重ねれば重ねるほど、悠基の顔は優しくなっていく。

「一目惚れなんかありえないし、そもそもわたしは、恋なんか信じてない」

嘘ばっかりだ。わたしは恋を知ってる。零ちゃんに、恋をした。

そしてその恋から逃げたんだ。

恋から、笑里から逃げて、未だに向き合えていない。

たった一つの恋を終わらせることもできずにいるくせに、新しい恋なんか、できっこないんだ。

「わたしは――」

言い足りないとばかりに口を開いたわたしを悠基が抱きしめた。

力強い腕。厚い胸の中は、シトラスの混じったグリーンノートがした。

「いいよ、それで。君が恋を信じなくてもいい。だから、仮初《かりそ》めの恋人でもいい。この仕事の期間だけ、君をオレにくれないか？」

わたしは狼狽《ろうばい》した。

悠基の提案はわたしにとって都合が良すぎた。

仮初《かりそ》めの恋人――それはわたしが今まで付き合ってきた男性たちとの関係と同じだ。わたしは彼らに恋をしていなかった。都合のいいときにだけ会って、時間と肌を重ねるだけの関係。満たされるものはなかったけれど、身体を重ねている間は、一人じゃないと思えた。

互いに束縛しない関係は、わたしの中の醜《みにく》いものをさらけ出す機会を与えなかった。

――でも、もしかしたら。

やめなさい。

――彼なら。悠基なら……まっすぐにわたしを見てくれる。

ダメ。期待なんかしては、ダメ。

――でも。ずっと、このままでいるの？

誰も愛さず、誰にも愛されず。

誰かを、愛したいでしょう？

誰かに、愛されたいでしょう？

ずっと、そう思ってきたじゃない。そう願ってきたじゃない。

それでも、わたしはもう、選ばれない絶望を味わいたくない！

自分の理性と感情がせめぎ合い、答えられずにいると、悠基がふ、と笑うのがわかった。

「では、仕事だと思えばいい。報酬《ほうしゅう》は……そうだな。キス一つに、宝石を一粒」

「――？　どういう意味？」

何を言われたのかを理解できず、わたしは眉を寄せた。

――キス一つに、宝石を一粒？

「君にキスをするたびに、宝石を一粒贈ろう。確か契約では、制作するジュエリーの材料費は、そちらの負担だったと思うが、オレがその石を調達してくるよ。石の入手先には、コネがあるんだ。いい石を手に入れ、素晴らしいアクセサリーを作ることができれば、業界内で君のことが噂になるだろう。つまり、この企画を成功させれば、君の評価はさらに上がる。大きなビジネスチャンスだと思わないか？」

突拍子もない提案をされて、一瞬頭が真っ白になる。

確かに、今回の仕事に限らず、ジュエリー制作の依頼を受けた場合、お客様にはできあがったアクセサリーそのものを買い取って頂く形が普通だ。つまり制作にかかる材料費は制作者が負担しなければならない。デザインの依頼費を前払いとして受け取ることはあっても、材料費を前払いすることはあまりない。

だから、いい石を手に入れるためには、相当の苦労を強《し》いられることになる。もちろん天然石を扱う取引先はたくさんあるが、本当に質のいいものに出会うのは稀《まれ》だし、当然値段が張る。

悠基は石の入手先にも伝手《つて》があるという。

彼は様々な事業を手掛ける実業家だ。嘘ではないだろう。

その上、悔しいが石を見る目も確かだ。わたしのピアスのサンストーンの産地を一目で言い当てた。

わたしはゴクリと唾を呑んだ。

「わたしの石を見る目は、厳しいですよ」

挑発的な台詞《セリフ》は、悠基の申し出を受けたも同然だった。

——天然石を得るため。チャンスを掴《つか》むため、だもの。

そう自分に言い聞かせながら、それが単なる言い訳でしかないことを、わたしはわかっていた。

そして、悠基もわかっている。

わかっていて、わたしに逃げ道を与えてくれている。

自分の卑怯《ひきょう》さに吐き気を覚えながらも、わたしは乗らずにはいられなかった。

それほど、わたしにとって悠基は抗《あらが》いがたい誘惑だった。

承諾すると、悠基はわたしを抱きしめている腕をようやく解いた。

そっと顎《あご》に指をかけて上を向かせられた。目の前には悠基の笑顔があった。

彼の笑みが本当にキレイだったから、わたしは思わずつられて微笑んだ。

「極上の石を用意するよ。君のために。――ありがとう、愛理」

わたしたちは見つめ合い、そのまま、どちらともなく唇を寄せ合った。

唇を合わせるだけのキス。けれどそのキスには様々な想いが含まれていた。

たぶん、これは契約締結のキスだ。

――期間限定の、仮初《かりそ》めの恋人。

自分が望んだその関係は安堵《あんど》を与えてくれたけれど、少しの苦さがあった。

03　指先に、賞賛。

悠基が向かったのは、当然のことながら汐騒館だった。

ひと月の間、ここがわたしの仕事場となる。

車から降りたわたしは汐騒館を見上げて絶句した。

「……すごい、ですね……」

汐騒館は、『白亜《はくあ》の貴婦人』とも呼ばれている。今、目の前にしてそう呼ばれている理由がわかった。海沿いに建つ白壁の建物はとても印象的だ。

明治時代の日本の欧化主義を象徴するその姿は、何度も修復を繰り返しつつも、当時の雰囲気をそのまま残していた。

わたしが目を奪われていると、背後から悠基の嬉しそうな声が返ってきた。

「だろう？　こんなノスタルジックでゴージャスなもの、他の人間の手に渡るなんて絶対に許せないと思ったんだ。売りに出されたときは建物の傷《いた》みも激しくて、修築費用のことなんかを考えると、正直躊躇《ちゅうちょ》する物件ではあったんだけどね。だけど、実物を見たら、ダメだった。この建物の雰囲気に、胸を鷲掴《わしづか》みにされた。これを守るためなら、金と労力を費《つい》やすことも苦にならないと思った」

悠基のバリトンボイスが、高揚しているせいなのか、わずかに高くなっている。

あのキザったらしい男が……と思うと、からかいたくなったが、わたしはすぐさまその悪戯心《いたずらごころ》を封じた。

この人は自分の仕事を愛しているんだって、わかったから。

しばらく沈黙が続いたが、決して気まずくはならなかった。わたしたちは黙って汐騒館を眺めていた。

「ロジャー・ホランド」

「え？」

ふいに悠基が耳慣れない外国人の名前を口にした。

彼は汐騒館に視線を向けたままだったけれど、その目はどこか遠くを見ているようだった。

「この汐騒館の設計者の名前だ。彼は、イギリスの貴族だったんだよ」

話を聞いて、彼のこの建物への愛着を感じた。

この人にとっての汐騒館は、たぶん、わたしにとっての天然石と同じなんだ。

わたしが夢中になって、天然石を眺めてしまうのと同じ。わたしは天然石を愛でるとき、その美を作り出した時の流れを想う。同じように、悠基はこの建物を作り出したロジャー・ホランドという人物を想い、その人生や成してきたことを辿《たど》るのだろう。

「明治時代っていうと、イギリスでは産業革命が終わり、人々の生活が大きく変化している頃ですね」

「そう。貴族階級がどんどん衰退《すいたい》していく中、学者肌だったロジャーは自分の研究を活《い》かすため、未開の国、日本へと旅立った。若きロジャーは、そこで一人の大和撫子《やまとなでしこ》と恋に落ちるんだ」

「え、あらら。ロマンスですか？」

意外な展開にわたしが茶化すと、悠基はクスクス笑う。

「そう、ロマンス。こう見えてオレはものすごくロマンティストでね。ロマンスなんて現実にはありえないと思っているくせに、憧れだけはあるんだ。若い二人の恋は一気に燃え上がり、結婚の約束をする。お互いに唯一無二の、魂の片割れだと言っていたそうだよ。けれども運命は、そんな二人を残酷に引き離してしまう。母国イギリスで、ロジャーの父親が急な病で亡くなってしまったんだ。伯爵位を継がなくてはならないロジャーは、責任を果たすために国へ帰った。もちろん、イギリスの貴族は異国の花嫁を迎えられない。乙女は涙を堪《こら》えて身を引いたんだ」

「すごい！　大河ドラマみたい」

わたしの相槌《あいづち》に、悠基がブハッと噴き出した。

「そう、大河ドラマ！　そこに惹かれるんだよ、オレは。人を動かしてしまうほどの壮大さ。そのドラマに血が沸き立つね！」

「ああ、わかります。時代、人、その他様々な条件が組み合わされて初めて起こる、化学変化のような爆発――」

わたしはうっとりと目を閉じて言った。

心地良い沈黙。傍《かたわ》らで、悠基が笑ったのが気配でわかった。

「……現実には、ありえないと思っていたんだ。そんな爆発――」

「――え？」

聞き返すと、彼はポン、とわたしの肩を叩いた。

「行こうか」

わたしはもう一度汐騒館を見上げて、決意を新たにした。

――この仕事、精一杯、頑張ろう。

たぶん、この人との仕事は、いいものになる。

いいものに、できる。

直感でしかなかったけど、そう思った。

＊　＊　＊

ホテルに入ると、すぐさまスタッフたちがわたしたちに気づいて会釈《えしゃく》をしてきた。悠基はそれを片手で制して、足早に寄ってきた黒服の壮年の男性に顔を向けた。

「お帰りなさいませ、社長」

「うん。北のスイートを使うよ。機材は運び込んでおいてくれたかな？」

悠基が柔らかく問うと、男性はもちろんです、と力強く頷《うなず》いた。

「ご指示通りに。そちらのお嬢様は……」

「ジュエリーデザイナーの古川愛理さん。今回のイベントの要《かなめ》となる一人だ。愛理、汐騒館のデイ・マネージャーの相良《さがら》さん。責任者にはもう一人ナイト・マネージャーがいるから、また後で紹介するよ。滞在期間中、何かあったら彼らに言えば解決してくれるから」

わたしは紹介された相良さんに向かって、微笑んでお辞儀をした。

「古川愛理です。今回お仕事に呼んで頂けて、とても光栄に思っています。ひと月の間、お世話になります」

「我が汐騒館のために、遠路はるばるようこそお越しくださいました。快適にお過ごし頂けるよう、スタッフ一同尽力して参ります。こちらこそ、どうぞよろしくお願い致します」

ニコリと微笑み返してくれた相良さんは、かなりのナイスミドルだ。ウチのお父さんと同年代っぽいのに、この違いはなんだろう。お父さん、最近お腹出てきたって言ってたなぁ。

少々ポーッとなりかけたわたしを促《うなが》し、悠基が歩き始めた。

「愛理、こっちだ」

悠基はわたしの背中に手をあてて、急ぎ足でその場を離れる。

その速さについていけず、わたしは必死で小走りした。

あなたは百八十はゆうにあるだろう長身で、しかも身体の半分以上は足なんじゃないの？　ってくらい長いおみ足をなさっておられますが、こちとら百五十五センチのちんちくりんなんです！

「ちょ、足速いです！」

だが悠基ときたら、わたしの文句を華麗にスルーして、タイミング良く扉の開いた無人のエレベーターにすいっと乗り込んでしまった。

「ちょっと！」

「愛理、君、ファザコンの気《け》でもあるの？」

「はぁ？」

何を唐突に。

思いっきり怪訝《けげん》な顔をしてやったのに、悠基はまたもやスルーした。それから長い指でエレベーターの階数ボタンを押すと、ぐるっと上体を捻《ひね》ってわたしに向き直る。

端整な顔に不覚にも怯《ひる》んでしまった。

美形の真顔は迫力がある。

「相良には奥さんと君と同じ年の娘さんがいる」

「——は？　えっと、そうなんですか……？」

なんでいきなりそんな話題？

小首を傾《かし》げるわたしを、悠基は片眉を上げて見つめた後、にっこりと笑った。

「ごめん。先走ったみたいだ」

「は？　先走った……？」

ますます疑問が募《つの》ってくる。悠基はついっと腕を伸ばしてわたしの頬に触れた。

その動きがあまりに自然だったため、抗議の声を上げる間もなかった。悠基の中指と人差し指がわたしの輪郭《りんかく》をなぞる。

目の前の顔を凝視すると、漆黒の瞳が甘く揺れた。

ドクン、と心臓が音を立てた。

――ヤバい。

「嫉妬《しっと》だよ。君が相良をあんな優しい表情で見つめるから」

「――」

二の句が継げない。

もともと会話は苦手な方だが、ここまで言葉に窮《きゅう》したのは初めてだ。

「バカなんですか？」

つい本音が出てしまった。けれど悠基は気分を害した様子もなく、大きく眉を上げた。

「バカ……？」

「相良さんはわたしのお父さんと同じくらいの歳ですよ？」

すると悠基は肩を竦《すく》めた。

「でも、男だ」

「バカ過ぎる……」

わたしは額に手をやって、ガックリとうなだれた。

少し男性をうっとりと見ただけでコレって。ちょっと独占欲が強過ぎやしないだろうか。

「——仮初《かりそ》めの恋人だって言ったのに」

そう付け足す自分に、罪悪感を覚えた。

嫌な女だ、わたしは。そうやって逃げているんだ。

すると、悠基が苦笑を漏らした。

「わかってるよ。でも、仮初《かりそ》めの恋人でも、一ケ月間は君はオレのものだ」

そうだろう？　とでも言いたげに小さく首を傾《かし》げ、悠基はわたしの背後にある壁に手をついた。

わたしは目の前にある悠基のキレイな顔を見つめながら、彼の言葉を頭の中で繰り返した。

そうだ。

たとえ仮初《かりそ》めだとしても、一ケ月間は、わたしは悠基の恋人なのだ。

本当は、笑里と零ちゃんのような関係をずっと求めていた。

自然に穏やかに、互いを慈《いつく》しみ合って求め合う、そんな関係を。

今まで付き合ってきた男性たちとは、そんな風にはなれなかった。

わたしは自分の醜《みにく》さをさらけ出さないようにしていたし、そもそも、そんな関係を求める男性は選ばなかった。

——でも悠基なら？

わたしの困った欲望がまた顔を出した。

ダメだ。期待なんか、してはいけない。

期待は、しない。できない。してはいけない。

――でも、この期間、だけでも……わたしはこの男が欲しい。

――それで、満足するから、だから……

悠基はわたしの髪を一房《ひとふさ》取り、愛おしげに親指で撫でた。

「頷《うなず》いて、愛理」

唇のすぐ上で囁かれる。

わたしが頷《うなず》くより早く、悠基がキスをした。

下唇を食《は》まれ、それからじっくりと唇全体を舐め上げられた後、口腔におもむろに舌を入れられた。悠基はわたしの舌を食べ物みたいに舐《ねぶ》った。しつこいほどに絡められ、わたしは呼吸のタイミングを逃して喘《あえ》いだ。

「んっ、まっ……ふぅ、ん……」

苦しげなわたしに気づいたのか、悠基はわたしの吸気の間だけ動きを止めた。だがすぐにまた蹂《じゅう》躙《りん》を再開する。尖《とが》らせた舌先で口蓋《こうがい》をくすぐられ、緩《ゆる》んだわたしの口の端から呑み込み切れない唾液が零れた。

脳が痺《しび》れるような感覚に、膝がガクリと折れたけれど、いつの間にか悠基の腕が腰に回っていて、わたしの身体をしっかりと支えてくれた。

そのまま、エレベーターの壁に押しつけられる。悠基の足がわたしの太腿の間を割り、縫い止めるように固定された。

密着している悠基の身体が、熱い。

その間もキスはやむことはなかった。

眩暈《めまい》がするほど、淫《みだ》らなキスだった。

漏れ出る吐息が、粘膜の絡まる音が、鼓膜にダイレクトに響く。そしてわたしを見つめる熱い眼差し……。

――キスがこんなに官能的なものだなんて知らなかった。

これまで経験したセックス以上に、悠基のキスは淫靡《いんび》だった。

ようやく解放されたときには、息も絶え絶えになっていた。わたしはこんな状態だというのに、悠基は余裕の表情でわたしの髪を撫でている。

彼はわたしの髪を弄《いじ》ったまま、切なげに瞳を揺らした。

再び悠基が口を開こうとしたとき、チーン、という音が響いて、エレベーターが停まった。

＊＊＊

悠基が案内してくれたのは、大きな客室だった。

「ここが北向きで一番窓の大きい部屋なんだ」

そう言いながら古めかしいルームキーで部屋を開ける悠基に、わたしは「へぇ」と内心感心した。

天然石を扱うには、北からの光が最も適しているとされている。一日中陽射しの量が変わらないから、時間による石の見え具合の差が出にくいのだ。ちなみに絵を描く場合にも同じ理由で北向きの部屋を選ぶ。

部屋に入って驚いた。大きな窓に向かって長机が置かれ、ジュエリー加工用の様々な機器が、所狭しと並んでいたのだ。細やかな金属加工が可能なロストワックス精密鋳造器《ちゅうぞうき》、研磨《けんま》するバフ機、蛍光X線分析器、レーザー溶接機、顕微鏡……マホガニーのレトロなライティングデスクには、大きな画面のパソコンが置かれてあった。

「あの……わたし、こちらではデザインだけするものと思ってたんですけど……」

この様子から察するに、どう考えてもここで制作までしなくてはならない感じだ。

青ざめているわたしに、悠基の怪訝《けげん》そうな視線が投げかけられる。

「は？　パソコンの画面上のデータだけで、オレを納得させるつもりだったの？」

険《けん》のある目を向けられ、わたしはギクリと身を竦《すく》める。

「いえ、まさか加工用の重機器まで揃えてくださるなんて、思ってもみなかったから。デザインにOKが出たら、いったん工房に戻って制作して、それからこちらにもう一度伺う予定だったんです」

というか、そう考えるのが普通だろう。まさかホテルの一室にこんな高級機器を設置するなんて、思いもしない。

「あの、なんのためにこんな機器を買ってくださったんですか？　わたしがいったん工房に戻って作業する方が合理的だし経済的です。正直言って、経費の無駄遣いですよ」

悠基は大きく眉を上げた。

「経費じゃない。ここにある機材はオレが個人的に買った」

「えええ!?」

度肝を抜かれたわたしは、素《す》っ頓狂《とんきょう》な声を上げてしまった。

「そうしなかったら、君の傍にいられる時間が減ってしまう」

「――」

「君がここにいる間は、少しでも離したくなかったからね」

完全に囲い込まれた気がするのは、気のせいだろうか?

軟禁《なんきん》、という言葉が脳裏《のうり》をよぎり、わたしは慌てて首を振った。

仮初《かりそ》めの恋人にはなったけれど、あくまでわたしは仕事をしにここに来たのだ。

わたしは深い溜息をついて、悠基を見た。

彼はライティングデスクに歩み寄り、おもむろに引き出しを開けた。中から取り出したのは木製の小箱だった。その箱を片手に窓際まで行くと、悠基はわたしに手招きをした。

「おいで」

言われるままに近づくと、彼はゆっくりと箱の蓋《ふた》を開けた。

「――あっ……」

真綿に包まれて眠るように収まっていたのは、掌《てのひら》くらいの大きさの、ブラックオパールの原石だった。南海のようなスカイブルーとエメラルドブルーの中に、夜空のような濃紺が沈み、さらにその中には赤と金の遊色《ゆうしょく》が輝いている。

原石でこの輝き。

——これ、博物館級だ。

釘づけになっているわたしの掌《てのひら》に、悠基はそっとブラックオパールを乗せた。

ずっしりとした感触に、心が一気に沸き立つ。

——すごい。なんて、美しい……！

「エチオピア、ウェロ産のクリスタルブラックオパールだ」

「えっ！　ウェロオパールなんですか⁉」

ウェロ産のオパールは白色のボディカラーが多いけれど、これは黒でかなり珍しい代物だ。よく見ればハニカムパターンも見られ、磨き上げれば希少価値の高いオパールになるだろう。

「こんなすごいオパール、生まれて初めて目にしました……」

感に堪《た》えず溜息混じりに呟《つぶや》くと、悠基はクスリと笑った。

「この鉱山主と知り合いでね。たまたま譲り受けたんだ」

「……へぇ……」

わたしはそう相槌《あいづち》を打つしかなかった。

一体どれだけセレブな交遊関係だ。

「オレはこの石を見たとき、汐騒館そのものだと思ったんだ。永い年月を経《へ》ることで様々な色合いと光を宿《やど》して、人々を魅了する。よく、実業家仲間に『なぜ古い物件にこだわるんだ』って聞かれるんだけど、オレはね、古いものが好きなんだ。今なお残るものには、やっぱり何かしらの魅力があるんだ。汐騒館の場合は、人だ。この美しき『白亜《はくあ》の貴婦人』で働く人たちをそのまま使って、さらに新しい力を加える。そうすることで、汐騒館を時代の遺物にしないようにできると思っている」

そう語る悠基の顔つきは真剣そのものだった。

——ああ、この人も、自分の仕事を愛しているんだ。

「君が、その力の一つだ」

「——え？」

「新しい力、だよ。このウエディングイベントは、汐騒館に新しい血流を生むきっかけとなってくれるはずだ。オレはこのイベントにかけてる。スタッフの選定には、相当の時間と労力を費やしている。君を選んだのは、君の作品を見たからだ。君がデザインしたアクセサリーに、ものすごいインスピレーションを感じたんだ。だから、あのパーティーにあらゆるコネを使って潜り込んだ。あんな繊細で華やかで、それでいて静謐《せいひつ》なものを作り出す人を、見てみたいと思ったから」

悠基はまっすぐにわたしと向き合って、しっかりとした口調で言葉を紡《つむ》ぐ。

彼の仕事に対するスタンスにとても共感を覚えた。そして、彼に選ばれた自分が誇らしく思えた。

——彼と肩を並べられるような女性に、なりたい。

なんでそんなことを思うのか、自分でもわからなかったけれど、このときのわたしは確かにそう感じていた。

そのときふとわたしの手を、悠基が手に取ってじっと見つめた。

あんまり見ないでほしい。ジュエリーの制作は、研磨《けんま》剤や薬剤を使うため、手が荒れる。もちろん手袋をはめるけれど、わたしはなるべく石の質感を肌で感じ取りたいので、手袋をとって作業することもしょっちゅうだ。

「この小さな手で、あんなに美しいものを作り出すなんて……信じられない」

感嘆《かんたん》するようにそう呟《つぶや》かれ、わたしは仰天《ぎょうてん》した。

「ちょ」

どうしてそんな恥ずかしい台詞《セリフ》を簡単に言ってしまえるんだろう。

恥ずかしさのあまり手を振り払おうとしたけれど、悠基は放してくれなかった。

ギッと睨《にら》むと、切れ長の形の良い目が伏せられた。肌は男の人とは思えないほどキメが細かい。

悠基の顔をじっと見ていると、彼はおもむろに顔を下げ、ちゅ、というリップ音を立て、指先にキスを落とした。

わたしはぽかんとした。

「指先へのキスは、『賞賛』」

「え？」

「『キスの格言』だ。キスは落とす場所によってそれぞれ異なる意味があるんだ」

――キスの格言。

そんなものがあったのか。なんてロマンティックなんだろう。アクセサリー制作のヒントになるかも、と頭の中にメモしていると、滑《なめ》らかなバリトンが聞こえた。

「職人の手だね。とても、キレイだ」

そんな優しい目で見ないでほしい。

わたしは頬が真っ赤になってしまい、そっぽを向くことでしか対応できなかった。まるで三歳児並みの対人術だ。

＊　＊　＊

どうやらこの部屋は滞在中、わたしの部屋になるらしく、ベルボーイがトランクをベッドルームに運び込んでくれていた。

悠基がそれに気づいて「ああ、ありがとう」と礼を言えば、彼は直立不動で「いえ！　とんでもありません！」と目を輝かせる。どうやら悠基はこのホテルの従業員たちの間でカリスマ扱いされているようだ。

わからないでもない。このモデルのような外見のみならず、悠基には人を惹きつけるオーラがある。本人もそれを自覚していて、その魅力を最大限に利用して、人を動かす。

「次は、このイベントの要《かなめ》となるスタッフたちを紹介するよ」

悠基はそう言って、北のスイートルームを後にした。

エレベーターで別の階へ移動し、ある小広間に入った。

そこには男性が二人、女性が一人すでに席に着いていていて、入ってきたわたしたちに気づき、一斉に振り返った。わたしは息を呑んだ。

――うわ、この人、有名なデザイナーだ。

三十代半ばくらいのべっ甲の縁の眼鏡をかけた男性の名前は、須藤修一《すどうしゅういち》。『shi-ON』という女性向けの服のブランドを立ち上げた、新進気鋭のデザイナーだ。華やかで愛らしくも、どこか古典的な要素を残したデザインは、年齢を問わず愛されていて、芸能人も彼のドレスを愛用しているらしい。

もう一人の男性は、四十代くらいのちょっと悪そうなおじさま。顎《あご》の無精髭がセクシーだ。

女性は三十代くらいのスラリとした美女で、かっちりとした黒のパンツスーツが良く似合う大人っぽい人だった。尖《とが》った顎《あご》のラインで切り揃えられたボブカットは、まっすぐな黒髪で、彼女のシャープな印象と合っている。

「待たせたかな」

悠基はちょっと気取った様子で、そう言った。

ちょい悪のおじさまが腕時計を確認し、ニタリと笑って肩を上げた。

「やな奴だな。一秒も待っちゃいねーよ。きっかり時間通り」

悠基は同じようにニタリと笑い、わたしの腰に手を添えて皆の前に出るよう促《うなが》した。

「紹介しよう。こちら我々の一員となる、ジュエリーデザイナーの古川愛理さん。今年のＷＷＪＡの覇者だ」

その紹介に、おじさまがヒュウッと口笛を吹き、須藤さんも目を見開いた。だけど、女性だけは、驚いた様子を微塵《みじん》も見せずに、薄く笑っている。

「何？　高口《たかぐち》女史は驚かないの？」

須藤さんが小首を傾《かし》げて問うと、彼女はふ、と笑った。

「わたしは望月社長からすでに伺ってましたから」

彼女の口調にはなぜか誇らしげな響きがあった。須藤さんとおじさまは少し乾いたような笑みを浮かべて目配せしていた。

悠基は彼らの態度を気にも留めず、話を進める。

「彼女はさっき着いたばかりだから、今日は顔合わせ程度にしておこう。愛理、左が高口理沙《りさ》女史。優秀なウエディングプランナーで、彼女のプランで結婚式を挙げたカップルからは、感謝の言葉やメールが殺到《さっとう》する。今一番人気のあるプランナーだ。普段は東京のホテルに勤めているが、今回のイベントのために出向してもらっている」

高口さんが微笑みながら挨拶する。

「高口です。望月社長とは、以前から親しくさせて頂いています。今回このイベントを必ず成功させたいと思っておりますので、よろしくお願いしますね、古川さん」

「こちらこそ、若輩者《じゃくはいもの》ですが、精一杯頑張ります。ご指導ご鞭撻《べんたつ》のほど、どうぞよろしくお願いします」

わたしはしっかりと挨拶し、四十五度のお辞儀をした。

次に悠基は右に座っているおじさまを指した。

「彼がケーキをメインとするウエディングスイーツを担当してくれる、パティシエの近松孝雄《ちかまつたかお》氏。

東京青山の『TAKAO』というパティスリーのオーナーシェフだ」

「え！」

今度はわたしが目を見開く番だった。

なぜなら『TAKAO』は、かの有名なフランスの菓子職人の大会『クープ・デュ・モンド・ドゥ・ラ・パティスリー』で優勝したパティシエが開いたお店なのだ。テレビや雑誌でもひっぱりだこのオーナーシェフが、今回のスタッフに含まれているだなんて！

驚愕《きょうがく》するわたしに、おじさまはバチンとウィンクをしてきた。

「ヨロシクネ、愛理ちゃん！　甘いもん食べたくなったら、おぃちゃんのところにおいで～」

「は、はい。よろしくお願い致します！」

思わず大声で返事をすると、近松さんはブハッと噴き出して豪快《ごうかい》に笑った。

すると須藤さんが肘《ひじ》で近松さんを突き、呆れたように声をかけた。

「よしなさいよ、おっさん。あんたの場合、逆に彼女を食っちゃうでしょうが」

「シュウイチ、お前ねぇ。俺を見境ない奴みたいに言うなよ～」

「極めて正しい見解だと思いますけどねぇ？　お嬢さん、このおっさんにはむやみに近寄っちゃダメよ！　妊娠させられちゃうからね！」

須藤さんが話題をこっちに振ってきたので、わたしは慌てて言葉を探す。

「りょ、了解しました」

「ひで～！　了解しちゃうのかよ～！」

「愛理ちゃん、面白いわねぇ！　イイキャラ入ったわぁ！」

ちなみに最後の台詞《セリフ》は須藤さんのもので、わたしの勘が正しければ、彼はオネエ言葉の人だ。

面白そうにやり取りを聞いていた悠基が、クスクスと笑いながら紹介を続ける。

「で、彼が須藤修一。『shi-ON』という……」

「芸能人ご用達のブランドの、デザイナーさんですよね。存じ上げています」

悠基が満足そうに頷《うなず》いた。

「そう。ウエディングコスチュームは彼に任せてある。恐らく君は、彼と連携を取って仕事をしていくことになると思う」

わたしは興奮したまま、須藤さんに挨拶をした。

「ふつつか者ですが、どうぞよろしくお願い致します」

——あ、ヤバい。間違えた。

おかしなことを口走ったと気づいたときには後の祭りだった。一瞬の沈黙の後、ドッと笑いが起こった。

「嫁に来るんかよ～!!」

「ちょっとぉ！　アタシ、もう嫁はいるから御用はないわよォ!?」

——って嫁いるんですか。

突っ込みたいのはやまやまだったけど、そこは堪《こら》えた。

「じゃあシュウイチんとこじゃなくて、おいちゃんとこおいで～」

ゲタゲタ笑う近松さんに、なんと答えて良いものかと苦笑いをしていると、横からスッと長い腕が伸びて、わたしの肩を抱いた。

「残念ですが、近松さん。彼女は売約済みなんで、お手を触れないで頂きたい」

さすがに動揺した。

「えっ……」

「なぁに？　望月社長と愛理ちゃんって……」

呆気《あっけ》に取られている近松さんと須藤さんの隣で、高口さんも驚いた顔でこちらを見つめていた。

確かに仮初《かりそ》めの恋人になることには同意したけれど、スタッフの前で発表する必要はないだろう。

わたしは肩に回された悠基の手をひねり上げて、こめかみに青筋を浮かべた。

「望月社長、こんな――」

そう言いかけた瞬間、ちょうどわたしの真後ろのドアが開き、懐《なつ》かしい声が鼓膜に響いた。

「すみません、遅れてしまいました。飛行機にトラブルがあって――」

心臓が、跳ねた。

嘘だ。そんなはずはない。

でも、わたしはこの声を知っている。間違えるはずがない。忘れるはずがない。

世界で一番優しい声。そして世界で一番残酷な声。

わたしは振り返れなかった。

――だって、まだ、心の準備ができていない。

高校を卒業してから、わたしは実家に帰っていない。二人の前で、ちゃんと笑える自信がなかったからだ。自分に自信が持てるまでと、そう思って……

「萩生田さん。ちょうど良かった。これで、全員揃いましたね」

隣で悠基が柔らかく応えた。

――ああ、やっぱり。

「せっかくだから自己紹介しましょうか。とりあえず、席に着こう。……愛理？」

固まったままのわたしに、訝《いぶか》しげに悠基が声をかけた。

「……愛理？」

――ああ、ホラ。やっぱり。聞き間違えるはずなんてないんだ。

わたしは瞼《まぶた》を閉じた。深く息を吐いて、それからゆっくりと振り返る。

「……久しぶり、零ちゃん」

そこには、わたしの初恋の人――零ちゃんが立っていた。

04　頬に、親愛。鼻梁《びりょう》に、愛玩《あいがん》。

「本当に、久しぶりだな、愛理」

しみじみと呟《つぶや》く零ちゃんに、わたしは曖昧な微笑を返した。

零ちゃんは、和服だった。鉄紺《てっこん》の無地の小千谷《おぢや》ちぢみに、白鼠《しろねず》にグレーの献上柄《けんじょうがら》の入った紗《さ》の角帯《かくおび》を締めている。帯の右脇に提がっているのは、深い緑が印象的なマラカイトの根付けだ。濃い色の着物が、零ちゃんの上品さを際立たせている。相変わらず、カッコイイ。

わたしたちは今、二人きりで汐騒館の自販機コーナーの前にいる。

衝撃の再会の後、一通り全員の自己紹介が終わると、零ちゃんはわたしを呼んだ。

「ちょっと飲み物でも買いに行かない？」

ここで逃げるのは不自然だ。わたしは覚悟を決めて頷《うなず》いた。

コカ・コーラの赤い自販機の前に立つと、零ちゃんはコインを数枚投入して振り返った。

「愛理、どれにする？」

「え。自分で買うよ」

とっさにそう言うと、零ちゃんは呆れた顔をした。

「あのね、ジュースくらい、奢《おご》らせてくださいよ。久々に会ったお兄ちゃんに！」

『お兄ちゃん』

その言葉に痛みを予想していたが、思いのほか打撃を受けていない自分に驚いた。さっき不意打ちの再会をしたばかりだから、感情が追いついていないんだろうか？

——それとも、ちゃんと前を向けている？

不思議な気持ちになりながら、わたしは「じゃあ、ご馳走になります」とおどけるように言って紅茶を指さした。思っていたよりも自然に話せる。零ちゃんは満足そうに「うむ」と頷《うなず》いて、紅茶を買ってくれた。

　零ちゃんが自分用にコーラを買っているのを見て、つい噴き出してしまった。

「そんな和服でバッチリ決めてるくせにコーラなんて！　見た目詐欺《さぎ》だ！」

　すると零ちゃんは、わざとむくれた顔をして見せる。

「あのねぇ。和装の華道家だろうと、コーラも飲むしハンバーガーも食べるんだよ！　緑茶や懐石《かいせき》ばっかじゃ生きていけませんよ！　現代っ子ですから！」

「ふふ、零ちゃんジャンクフードが好きだったもんね」

　わたしは笑いながらからかった。お坊ちゃまのくせに、零ちゃんはファストフードが大好きで、よく学校帰りに寄っては、おばさんに怒られていた。

　そんな零ちゃんが今や着物を着こなしている。

　零ちゃんはメディアに露出するようになって以来、和装をするようになった。『華道家』としてのパフォーマンスの一種なのだろう。

　ケタケタと笑うわたしに、零ちゃんは微笑みを滲《にじ》ませて言った。

「キレイになったなぁ、愛理」

　つきん、と胸の奥が小さく痛んだ。

　――嘘吐きだね、零ちゃん。

　キレイなのは、わたしじゃない。笑里だ。

　わたしは「はは」と笑った。

「お化粧を覚えたからね」

「それだけじゃないよ。なんか、大人になったなぁ」

「あのねぇ、もう二十五だよ、わたしも」

零ちゃんは「そうだよなぁ」なんて呟《つぶや》いて、コーラをぐびりと飲んだ。

わたしも紅茶をくぴりと飲む。沈黙が広がる。

しばらくすると、零ちゃんが言葉を発した。

「僕のせい？　愛理が実家に戻らなくなったのって」

心臓がぎゅっと縮み、わたしはうつむいた。

零ちゃんはわたしの恋心に気づいていたのだ。

もしかしたらと思いながらも、そんなはずはないと打ち消し続けてきた。

そうしないと、自分のプライドを守れないと思っていたから。

でも、想像とは違った。自分でも不思議なくらい穏やかな気持ちだった。顔を上げると零ちゃんは、少し淋しげにこちらを見つめていた。

「違うよ。零ちゃんのせいじゃない。わたしが弱虫だっただけ」

「……愛理」

そう。弱かった。笑里と零ちゃんの仲を壊さないようにするためだなんて、言い訳だ。わたしは自分のプライドを守るために、彼らから逃げていたのだ。

でも実際に零ちゃんを前にしても、わたしは冷静でいられた。

少しは、成長できたのだろうか。あなたの、あなたたちの幸福を、祈れるくらいには。

今なら、言えると思った。

ずっと言えないでいた言葉を……

「あのね、わたし、零ちゃんが好きだったよ。ずっと」

そう言うと、零ちゃんはちょっと目を伏せてかすかに笑った。

「――うん」

「今でも、ちょっと好き」

「ははっ。なんだよ、ちょっとって」

「二人に会うのが怖いと思ってた」

「――うん」

「でもこんなふうに零ちゃんと会っちゃったけど、案外そうでもなかったっていうか」

「ぶはっ、なんだよ、本当にもう！」

「零ちゃん。わたし……いつか……」

「……うん？」

『いつか』――その後に続く言葉を探して、わたしが沈黙すると、零ちゃんは柔らかく先を促《うなが》した。

けれども、続く言葉は見つけられなかった。

代わりにわたしは言った。

「零ちゃん、お願いがあるの」

「うん？」

「ぎゅってしてくれる？　昔みたいに」

笑里と喧嘩をすると、零ちゃんはわたしたち二人を叱った後、二人まとめてぎゅっと抱きしめてくれた。大好きな笑里と喧嘩して不安定になってしまった心も、零ちゃんの温もりで、全部元に戻っていくのを感じていた。

あの安心感が、欲しかった。『きっと大丈夫』だと思わせてほしかった。

そのとき、わたしはたぶん、縋《すが》るような目をしていたんだろう。

零ちゃんは数回瞬《まばた》きをすると、ふわりと笑って腕を広げた。

「おいで」

わたしは自分から言ったくせに、ちょっと戸惑ってしまった。

ゆっくりと零ちゃんに近づく。

零ちゃんは辛抱強く待ってくれて、わたしが自分の腕の中に辿《たど》り着くと、ギュッと抱きしめてくれた。

零ちゃんの胸に頬を押し当てると、ふわり、とお香のような品の良い和の香りがした。

それはわたしの知らない零ちゃんの匂いだったけれど、腕の温もりはあの頃のままだった。

左耳を胸に押し当てると、零ちゃんのゆったりと拍動する心臓の音が聞こえてきた。

「――ありがとう、愛理」

零ちゃんの声に、わたしは顔を上げた。

すると頬に、零ちゃんがキスを落とした。

昔と同じ、『お兄ちゃん』のキス。

「──うん、零ちゃん。ありがとう」

ねぇ、零ちゃん。

わたしも、いつか。

涙が滲《にじ》んだけれど、わたしはそれを必死で隠した。泣き顔なんて、絶対に見られたくない。ごまかすようにイーッと顔を歪《ゆが》めると、零ちゃんが笑った。

「そうやってると、昔のまんまだな、愛理」

むにっと頬をつままれて、わたしは「ちょっと！」とむくれてみせた。

零ちゃんはますます声を上げて笑って、わたしの頭をずっと撫でていてくれた。

大きな手は、昔と同じ温かさだった。

＊＊＊

しばらく零ちゃんの腕の中にいた後、わたしは零ちゃんと一緒に広間に向かった。

皆の中心には悠基が立っていて、戻ってきたわたしたちを黙ったまま見つめていた。そのブラックスピネルのような眼差しが、わたしに注がれるのを感じたけれど、素知らぬフリをした。

「それじゃあ、本格的な始動は明日からということで」

悠基のその台詞《セリフ》で今日はお開きになった。皆がゆっくりと椅子から立ち上がる中、わたしは急いで広間を出た。悠基に捕まりたくなかったからだ。悠基はわたしと雫ちゃんの関係を追及するだろう。でも、彼にそこまで踏み込んで欲しくなかった。

自分の部屋に戻ろうかとも思ったが、悠基に押し掛けられるかもしれない。

そこでわたしは、外に出ることにした。

エントランスに向かっていると、腰をぐっと引き寄せられた。

「きゃあっ」

ギョッとして悲鳴を上げると、真上から低い忍び笑いが落ちてきた。

「どこに逃げようとしているのかな、仔猫ちゃん」

見上げると、悠基がこちらを見下ろしていた。

わたしは諦めたように大袈裟に息を一つ吐いて、彼を睨《にら》んだ。

「どこにも逃げたりしません。逃げたって、あなたがこうやって追ってくるのがわかってますから」

すると悠基は満足気に頷《うなず》いて、「賢明だ」と言い放った。

「イヤミだったんですけど」

「彼とずいぶん親しいみたいだな」

わたしの台詞《セリフ》をキレイにスルーして、悠基はいきなり切り込んできた。

全く、気を抜く暇も与えてくれない男だ。

わたしはウンザリした顔を作って見せた。

「生まれた頃から知っています。幼馴染《おさななじ》みだもの。そして双子の姉の婚約者ですよ」

彼に教えられるのはここまでだ。

「幼馴染《おさななじ》み、ね……」

含みのある言い方に、カチンとくる。

「何か言いたいことでも？」

「幼馴染《おさななじ》みで、さしずめ初恋の相手、ってわけ？」

図星を指され、次の言葉が出てこなかった。

どうしてわかるんだろう？　この人は、わたしの暴《あば》かれたくないことを、いとも簡単に探り当てる。

わたしは悠基を凝視しながら、動揺を悟られまいと必死で取り繕《つくろ》う。

——イヤだ。わたしを暴《あば》かないで。

「それが何か？」

「気に食わないだけだよ」

悠基はわたしの腰を抱いたまま、エントランスの扉へ向かう。ドアマンが気づいて扉を開けて待機している。どうやらこのまま外に向かうつもりのようだ。

「なんですって？」

噛みつくように睨《にら》んだわたしとは対照的に、悠基は前を向いたまま淡々と応じる。

「当然だろう？　自分のものに手を出されて、気分がいいはずがない。たとえそれが、他愛のない頬へのキスだとしても」

——あれを見ていたんだ！

わたしはカッと顔に血が上るのを感じた。どこで見ていたんだろう。

会話まで聞かれていたんだろうか？

「盗み聞きなんて、趣味が悪いですね」

「会話までは聞いていない。見られたくないなら、あんなところでラブシーンなんかおっ始《ぱじ》めるべきじゃない」

確かに傍《はた》から見れば、ラブシーンのように見えたかもしれない。でも、まるで咎《とが》めるような悠基の言い方に、わたしはなぜか悲しくなった。

「あなたには、関係ない」

わたしたちは仮初《かりそ》めの恋人。偽物の恋人。

だから、悲しくなる理由なんてないはずなのに。

混乱したまま、わたしは悠基の腕を振り解《ほど》こうと身を捩《よじ》った。だけど、腰を拘束《こうそく》する腕に、グッと力がこもって、わたしは逃げられなかった。

「放して！」

なおも暴《あば》れるわたしに、悠基はピタリと足を止めて、グッと身を屈めて顔を近づけてきた。

その表情に息を呑む。

ギリシアの彫刻のように彫りの深い整った顔が歪《ゆが》んでいた。まるで痛みを堪《こら》えるみたいにこめかみを引きつらせている。

「関係ないはずないだろう。君はオレのものだ」

わたしはゴクリと唾を呑んだ。

緊張や恐怖からではない。

喜びだった。

悠基がわたしに見せる独占欲に、どうしようもなく胸がときめいた。

『君はオレのもの』

いつものわたしなら反発するに違いないその台詞《セリフ》が、今は震えるほど嬉しかった。

悠基は、真っ向からわたしにぶつかってきてくれる。

仮初《かりそ》めなら、なんて条件を出すズルい女のわたしを欲しいと言ってくれた。

どうしてこんなにも、まっすぐでいられるんだろう?

自分の想いを、受け止めてもらえないかもしれないことが怖くはないんだろうか?

わたしはこちらを睨《にら》むように見つめる悠基を見返した。

「あなたは、怖くないの?　そんな風に自分の想いをぶつけることが。弱みを握られたり、傷つけられたりすると思わないの?」

すると悠基は大きく眉を上げた。

「心外だな。怖いに決まってるだろう」

「……だって、そんな風には見えない」

少し拗《す》ねて言うと、悠基は苦笑した。

「オレは男だからね。好きな女の前では、恰好つけたいもんだ」

好きな女、と言われて、顔が赤くなりそうになる。

「そうなの？」

「そうなの。女は男に泣かされるって言うけど、男だって同じだ。女に泣かされる。傷つくとわかっていても、それでも欲しいと叫ぶほどの想いがあるから、手を伸ばすんだよ」

悠基はわたしを見つめたまま、ふ、と笑った。

それはひどく優しい笑みだった。

――この人は、強い。

ただ単にキザなわけじゃない。悠基は独占欲を露《あら》わにしながらも、決して無理強《じ》いはしない。いつだって、わたしが自分から動くのを待っていてくれる。

こんなふうに優しく笑える人に、なりたい。

悠基は体勢を戻して再び歩き始めた。わたしももう暴《あば》れたりはせず、腰を抱かれたまま悠基の歩調に合わせた。

「いってらっしゃいませ」

微笑みかけるドアマンに、ぎこちない笑顔を返して外へ出ると、悠基のベンツが目の前にあった。

悠基は車をここまで運んでくれたらしい制服姿の従業員に礼を言って、鍵を受け取る。そして助手席のドアを開けて振り返った。

「どうぞ、お姫様」

――こんなキザな台詞《セリフ》をどうして普通に吐けるんだろう……

こちらの方が赤面してしまう。

わたしはむくれつつも素直に従った。悠基は前と同じようにシートベルトを締めてくれる。

悠基はクッと喉を詰まらせるように笑った。

「オレの仔猫はすぐむくれる」

「仔猫ってわたしのことですか……」

げんなりと呻《うめ》くと、悠基は面白がって余計に笑みを深めた。

「そう。なかなか懐《なつ》かない、カワイイ仔猫。隙あらば引っ掻こうと狙ってる」

そう言って、悠基はちゅ、とキスを落とした。

今度は鼻の頭に。

「――」

言葉もなく鼻を押さえるわたしに、悠基はニヤリと口の端を上げた。

「でもどうせなら、爪は背中に立てて欲しいね」

反論する気力は起こらなかった。

そんな私を悠基は甘い甘い笑みを浮かべて見ていた。

05　腕《かいな》に、恋慕《れんぼ》。

ベンツは驚くほど静かに進む。流れる車窓の景色が、傾きかけた陽の光によってオレンジ色に淡く染まり始めた頃、エンジンが止まった。

悠基に連れていかれたのは、大きくて立派な日本家屋だった。

わたしは門の前で困惑した。

看板も暖簾《のれん》も、表札すらない。

——誰か、知り合いのお家？

戸惑うわたしをよそに、悠基は門に付いているインターフォンを押した。

『はな芳《よし》でございます』

「望月です」

『少々お待ちくださいませ』

落ち着いた女性の声が聞こえ、ぶつ、と途切れた。ほどなくして門が開き、着物姿の女性が現れた。

「ようこそ。お待ち致しておりました、望月さま」

「女将《おかみ》。無理を言いましてすみません」

「とんでもございません。他ならぬ望月さまのお願いですから。特別の会席コースをご用意させて頂いております。ご贔屓《ひいき》頂き、ありがとうございます」

黙ったまま悠基の後をついていく。玉砂利《たまじゃり》を敷き詰めた回廊には灯篭《とうろう》が立っており、橙色《だいだいいろ》の火が灯っていた。細竹が夕方の風にたわんだ。

――閑静《かんせい》で、上品。

まるで京都の寺の一角《いっかく》のような計算されつくした景色に思わず、感嘆《かんたん》の溜息が零れた。

わたしのかすかな吐息が聞こえたのか、悠基は満足気に微笑んだ。

「気に入った？　この料亭」

「――ええ。とても素敵です」

すると先を行く女将《おかみ》がふふ、と笑った。

「ありがとうございます。景色だけでなく、お食事もお気に召して頂けると嬉しいのですが」

女将《おかみ》はお辞儀をすると、お屋敷のような建物の中へとわたしたちを案内した。玄関はさすがに民家のようではなかったけれど、やはり料亭には見えない。隠れた名店――とでも言うのだろうか。

一見《いちげん》さんはお断りなんだろうな、と思い、改めて悠基の人脈の広さを知った。

長い廊下を渡り、奥の座敷へと案内される。

まるで旅館のような一室には雪見窓があり、小さな庭が垣間見えた。

わたしたちが向き合って席に座ったのを確認すると、女将《おかみ》は慣れた手つきで煎茶《せんちゃ》を入れ、手をついて挨拶をすると部屋を後にした。

「すごいお部屋ですね。本当に素敵」

「そう？　嬉しいね、そう言ってもらえると」

まるで自分のことのように言う悠基がおかしくて、わたしは思わず声を上げて笑った。

「なんの自慢!?」

「だってここをプロデュースしたのはオレだから」

「えっ」

「正確には、売りに出されてた民家を買い取って改装して、料亭に作り替えて彼らに売ったんだけど。もう七……いや、八年前かな。初めての事業だったから、やっぱり思い入れがあるよね。若かったから、思いっ切り自分の趣味が入ってるしね」

悠基はなんでもないことのようにお茶を啜《すす》りながらそう言ったけれど、わたしは驚いて開いた口が塞《ふさ》がらなかった。

ここは一見民家のようなのに、緻密《ちみつ》な計算が成されている。

これをこの人が作ったのか——

「……すごい」

するりと口から零れ出たわたしの呟《つぶや》きに、悠基はオヤオヤというように眉を上げた。

「そうかな？　まぁ半分はあの女将《おかみ》のセンスだけどね。ここの料理長と女将《おかみ》は元々ある旅館に勤めてたんだけど、独立して料亭をやりたいって言ってたんだ。この古民家の物件を見つけたとき、ここなら彼らの思い描くものが創れるって思ってね。連絡して実物を見せてみたら、ドンピシャで。そこから三人で、あーでもないこーでもないって案を出し合って創り上げた。楽しかったよ。自分たちで想像したものを現実に創り出していくって過程は。この楽しさがあるから、やめられないんだよねぇ」

「資金は望月社長が出したんですか？」

「うん、まぁね。最初はオレがオーナーをやってたんだけど、店が軌道《きどう》に乗った後、彼らが買い取ったから、今のオレは純粋にお客さんだよ」

頬杖をついてのんびりと語る悠基を見て、わたしは首を傾《かし》げたくなった。

この人は実業家だ。利益第一であるはずなのに、この料亭を売りに出してしまうなんて。

「どうして店を手放したんですか？」

「え？」

「だって利益が出ているなら、手放さずにマージンを得ていた方が、あなたにとっては利になったでしょう？」

すると悠基は「うーん」と唸《うな》りながら、座椅子の背もたれに寄りかかった。

「まぁ、そうかもね。もちろん売ったときに十分な金額を貰っているから、損はない。だけど今のこの店の繁盛《はんじょう》っぷりを考えれば、手元に置いておいた方が利が出ただろうね。……でも、どうだろう？　オレがこの店の権利を握ったままでも、ここがこんなに繁盛《はんじょう》してたかって考えたら、そうとも言えないと思うんだよね。彼らが自分たちのスタイルで店を切り盛りしているから、このレベルを保っていられると思うんだ。自分のものっていう意識の方が、当然モチベーションは上がるからね」

そして悠基はふ、と皮肉っぽく笑って、脈絡のないことを言う。

「オレ基本的に、暴君なの」

「暴君？」

悠基は、そ、と短く答えると、テーブルに肘《ひじ》をつき、指を組んで顎《あご》を乗せた。

「思い通りに事が運ばないと嫌なんだ。仕事も、プライベートも。目的のためなら手段を選ばない」

「――」

わたしは黙ってしまった。

――そう、なんだろうか。

本人がそう言うのだから、そうなのかもしれない。けれども、どこか釈然とせず、わたしは彼の言葉を頭の中で咀嚼《そしゃく》しようとしたが、悠基が後を続けたのでやめた。

「仕事を楽しむためには、ある程度自分の思うように物事を動かせないといけない。だから自分の専門分野から離れてくると、まぁ意欲が低下しちゃうわけですよ。ここに関して言えば、オレは基本的に料理人でもなければ、仲居でも女将《おかみ》でもない。経済の流れを見て、金を使って何かを構築したり再生したりすることには長《た》けていても、ディテールについてはプロじゃない。そこから先は、オレの仕事じゃないと思ったんだ。だから手を引いた」

「利が目的ではないってこと？」

「そうじゃない。オレは実業家だから、目的は利だ。でも利を求める仕事だからこそ、自分のできることとできないことを把握できなければならない。そのうえで一番大事なのは、『何がしたいのか』を明確にわかっておくことなんだ。その上で、自分ができるのはどこまでなのかの線引きをする。それができなければ、事業は遂行《すいこう》できない。すなわち利も生まれないってこと」

――なるほど。

自分のやりたいこと、できること、できないこと、の線引きか……

わたしの仕事と同じだ。

わたしの作りたいもの、お客様の欲しがるもの、提供できるもの。

線引きは確かに大事だ。なぜなら、利を生まなければいけないから。

でもそこには必ずジレンマが生まれる。

自分の作りたいものと、欲しがられるものとの相違。

「でもわたしは……その線を引くのが難しくなるときがある」

ぽつりと漏らすと、悠基がこちらを見た。

「たとえば？」

「たとえば……そう、たとえばわたしの場合、ＷＷＪＡだった。いつの間にかわたしは、売れるもの、受けるものを作るようになってしまっていた。だから、作りたいものを、思いっきり自由に作ってみたのがＷＷＪＡに応募した作品だったの」

思い出すようにそう語ると、いつの間にか握りしめていた拳《こぶし》に、温かいものが触れた。

視線を落とすと、悠基がわたしの手を包み込むように握っていた。

「自分の表現したいものを作りたいっていう欲求はすごくわかる。でも、君の作品もそうだけど、君もまた矛盾を抱えてるね」

「どういうこと？」

わたしの手を包む大きな手に、ぎゅっと力がこもった。

「――どういうこと？」

悠基が嘲《あざけ》るように繰り返す。

ぎっ、と木製のテーブルの軋《きし》む音がした。悠基が身を乗り出して、わたしに手を伸ばす。長い指がさらり、とわたしの額にかかった髪を撫でた。指は流れるようにわたしの輪郭《りんかく》をなぞり、顎《あご》の先まで辿《たど》り着く。顎《あご》に指を引っかけられ、ついっと上を向かせられた。

目の前に悠基の顔があった。

室内の照明を遮《さえぎ》るようにして、わたしを見下ろしている。

彫の深い目鼻立ちが、光の加減でより深く見える。

悠基は苛立ちを抑えたような、ひどくいびつな表情をしている。

「それを君が訊くの？」

「――」

意味がわからない。

わたしは睨《にら》むようにして悠基の眼差しを受け止めた。悠基の物言いが、まるでわたしを責めるかのようだったから。

悠基が顔を歪《ゆが》めて笑った。

「わからない？　そうだね。君じゃわかるわけない」

「……喧嘩を売っているんですか？」

さすがに黙っていられなくなって挑んだ。

「喧嘩？　売ってるのは君の方だろう？　オレの前で堂々と他の男とイチャつくなんて」

誰？　と聞かないでもわかる。

零ちゃんのことだろう。

もうその話は終わったと思っていたので、わたしは少しうんざりした。

零ちゃんのことに触れられたくない。自分でもまだ決着がつけられていないから。

いや違う。

わたしは、笑里のことに、決着をつけられていないのだ。

でもそれは、悠基には言えない。誰にも言えない。

「姉の婚約者だと言ったでしょう」

「初恋の男だともね」

「……それが、なんだっていうの。ただの初恋よ。彼と特別な関係になったわけじゃない。あなたにだって、過去に女性がいなかったわけじゃないでしょう？」

「そうだね。でも、愛した女性はいなかったね」

「そんなこと」

わたしの知ったことじゃない、そう続けようとして、できなかった。

悠基がわたしの唇を塞《ふさ》いだから。

「んっ、ふ、ん――っ」

顎《あご》を掴《つか》まれて、強引なキスをされる。

いきなり舌を突っ込まれ、息を呑んだ。

執拗《しつよう》に絡められ、奥深くまで蹂躙《じゅうりん》される。その熱さと激しさに、呼吸もままならない。

息苦しさに耐えられず、どん、どん、どんどん、と力任せに悠基の肩を拳《こぶし》で叩いた。

けれども悠基の身体はビクともせず、わたしを好き勝手に貪《むさぼ》り尽くす。

流し込まれる唾液が咽頭《いんとう》に絡み、不快だった。

苦しい、苦しい――

イヤだ。こんな苦しいキスは、イヤ。

そう訴えるために悠基の腕を掴《つか》むと、いきなり唇が解放された。

空気が肺に入りこみ始めたそのとき――

「苦しい？　愛理」

唇が触れたままの状態で、悠基が訊《たず》ねた。

――当たり前でしょう！

怒りが込み上げてきた。頷《うなず》くのも癪《しゃく》に障《さわ》り、顔を背けることで抵抗を示せば、再び顎《あご》を掴《つか》まれて引き戻された。

睨《にら》み上げるわたしと、眼差しの奥に怒りを秘める悠基の間に、火花が散った気がした。

「腕《かいな》にのせるのは、恋慕《れんぼ》」

「え？」

悠基はそれに答えずに、わたしの肘《ひじ》を掴《つか》んで引っ張った。羽織っていたカーディガンは畳に落ちてしまっていて、ノースリーブを着ているわたしの無防備な素肌が晒《さら》されている。

悠基はいきなりわたしの二の腕の内側に強く吸いついた。

「――っ、いった！」

鋭い痛みが走り、わたしは声を上げた。

「恋も、愛も、苦しいものなんだよ、愛理」

「――な、にを」

恋も、愛も、苦しい？

知っている。そんなこと、ずっと前から知っている！

だからこそ、わたしは決めたんだ。

「なんで、あなたにそんなことを言われなくてはならないの……」

わたしは呻《うめ》くように言った。

腹が立った。

この男に、何がわかる。

まるで全てを悟っているような顔をして、何様のつもりなんだ。

何も知らないくせに、踏み荒らさないで。

そう思って、睨《にら》みつけた。それなのに、

「オレは、苦しい。切なくて、苦しい」

と、悠基があんまり淡々と言うので、ぶつけてやろうと思っていた文句は引っ込んでしまった。

どうしてそんなに痛そうな顔をしているのだろう。

「君を愛してる」

――爆弾が落とされた。

だって、『愛してる』だなんて。

そんな台詞《セリフ》を言う人、生まれて初めて見た。

愛の言葉を吐かれ、わたしは毒気を抜かれてしまった。

無理矢理なキスへの怒りも、一気に冷めた。

わたしはキスをされていた体勢のまま、凍《こお》りついた。悠基の顔は、ひどく苦しげで、わたしはわけのわからない罪悪感に襲われた。

――ズルイ。そんな顔。

まるでわたしが悪いみたいな気になってしまう。

「オレは君を、愛してる。……君がまだオレを好きじゃないから、今は仮初《かりそ》めの恋人でもいいと言った」

わたしは瞼《まぶた》を伏せた。悠基の顔を見られなかった。わたしたちは、期間限定の、心の通わない恋人同士。それで良かった。

「だが他の男の方を向くつもりなら……容赦《ようしゃ》しない」

男の掠《かす》れた重低音には、怒りと欲情が滲《にじ》んでいた。熱い感情が、ダイレクトに伝わってくる。こんな経験は初めてだった。

わたしは蛇に睨《にら》まれた蛙《かえる》のように、悠基の顔を見つめることしかできなかった。でもそれは恐怖なんかじゃなくて、別の強い感情――

「愛理。初恋は実らないって、知っているよね？」

まるで脅《おど》しだ。

そんな刃物のような目をわたしに向けて――

わたしはそっと手を伸ばして、悠基の唇に触れた。悠基は一瞬目を瞠《みは》ったけれど、じっとしていた。

彼の形の良い唇をなぞると、今の今までわたしの唇と合わさっていたそれは濡れていて、思いのほか柔らかかった。

「愛理」

悠基の唇が、わたしの名をかたどった。

「知っているわ」

もちろん、知っている。

わたしの初恋は、実らなかった。

零ちゃんは、わたしではなく笑里を選んだ。

悠基の雰囲気が緩《ゆる》んだのがわかった。

「上々のお答え」

わたしは笑い出したくなった。

たった一言で、猛獣のような男の機嫌を変えられるなんて。

「こんな簡単な答えで満足するの？」

口から飛び出した自分の言葉の高慢《こうまん》さに驚いたが、もう後には引けない。怒るだろうか、とヒヤリとしたけれど、悠基はニヤリと笑った。

「オレなんてカンタンなもんだ。君のお願いなら、空も飛んでみせるよ」

他愛のない一言に、心臓が跳ねた。

キザな似非《えせ》イタリア男の軽口――いつものように流せないのは、悠基が本気だとわかっているから。

悠基はいつだって自分を偽《いつわ》らない。自分の想いを、欲求を、ありのままさらけ出す。

自分に自信があるからだ、というひねた思いがないと言ったら嘘になる。

でも、わたしは悠基のその強さを美しいと思った。

揺らがない強さ。

悠基が、眩《まぶ》しかった。

――あなたみたいにありたい、悠基。

あなたのように、まっすぐに。

そんなことを考えていたら、どうしようもなく胸が詰まって、泣きたくなったけれど、絶対に涙を零すまいと、わたしは顔を歪《ゆが》めた。その姿を見て、悠基がほんの少し苦しそうな表情をした。

「愛理」

悠基はわたしを呼んだきり何も言おうとしないので、訝《いぶか》しんで首を傾《かし》げた。

「悠基？」

悠基はまだわたしを見つめている。

悠基の顔は精巧《せいこう》な彫像のようで、改めて美しい男だと思ってしまう。その美しさに見入っていると、唐突にキスをされた。

ついばむような……というより、押し当てるようなキス。

「君が欲しい、愛理。今夜」

どくり、と心臓が鳴った。

その言葉の意味がわからないほど、子供じゃない。

わたしを抱きたい。そう言っている。

――悠基に抱かれる？

想像した瞬間、ぶわっと総毛立ち、身体が熱くなった。

わたしの細胞が、血液が、期待に満ちて膨らみ、沸騰しているのがわかった。

わたしは目を閉じた。自分の中で起きている衝動を、少しでも鎮《しず》めたくて――けれどそれは、無駄な足掻《あが》きでしかなかった。

それほど、わたしの身体は歓喜していた。

知りたい。触りたい。目の前の、この男を。

その皮膚の感触。汗の匂い。呼気の熱さ。鼓動の音。筋肉の動く様《さま》。

この男の身体に、包まれたい――包み込みたい。

「抱いて」

気がつけば、そう口にしていた。

後悔してもいい。泣く羽目《はめ》になっても、死ぬほどの想いをしても、今、この男が手に入るのならば。

身を委《ゆだ》ねることに、躊躇《ためら》いなんかない。

目を閉じたままのわたしの瞼《まぶた》に、悠基がそっとキスを落とした。

それはまるで、眠る姫君を起こそうとする騎士のような行為だったけれど、わたしは目を開けなかった。

彼が今どんな表情をしているか、見るのが怖かった。

＊　＊　＊

料亭の食事はどれも素晴らしかった。

それなのに、わたしはこの後に待っているものに、気を取られてしまって、ちゃんと味わうことができなかった。

わたしたちは店を出て、車に乗り込んだ。悠基が無言でベンツのハンドルを握る。

車を発進させた後は話もせず、ただ通り過ぎる景色を見ていた。

汐騒館へはあっという間に着いてしまった。

車から降りてホテルに入っても、悠基はまだ口を閉ざしている。

そのまま、わたしの腰を抱いて足早にエレベーターに向かう。

わたしの腰を掴《つか》んでいる悠基の手は、痛いほど力強い。

チン、とエレベーターが鳴って、ドアが開く。わたしを先に乗せ、悠基は入口を塞《ふさ》ぐようにして乗り込んだ。横目で階数のボタンを押し、ドアが閉じたのを確認してわたしの横に並んだ。

笑いが込み上げてきた。

「……ふふっ……」

堪《こら》え切れずに噴き出すと、悠基がじとりと睨《にら》んだ。

「なんだよ」

「……だって……ふふっ、こんなことしなくたって、逃げやしないのに」

わたしを逃がすまいと必死になっている悠基が、なんだか可愛らしく思えた。

すると悠基が鼻を鳴らす。

「どうだか。君はノラ猫だからな。懐《なつ》いたと見せかけて、隙を見て引っ掻いて逃げるくらい、朝飯前だろう」

ひどい言われようだ。

でも不思議と腹は立たない。

クスクスと笑い続けていると、悠基はムッとしたのか呻《うめ》いた。

「笑うな」

「……ふっ、くっ……、ご、めん」

「全く、人の気も知らないで」

溜息とともに悠基が言ったとき、エレベーターが停まった。

入ったのは、北のスイート——わたしの部屋。

ドアを開けて中に入った途端、ドアに押しつけられてキスをされた。

食べるみたいなキス。

「は、……ん、ちょ……まっ」

「黙って」

あまりの性急さに待ったをかけたけれど一蹴《いっしゅう》された。

そこから先のキスは、容赦がなかった。

わたしは喘《あえ》ぎ声を発することすら許されず、獣にひたすら蹂躙《じゅうりん》される。

合わさった粘膜が熱い。

こもった熱が、わたしの脳を溶かしていく。

「——っ、ふ、ぅ……んっ」

とろとろになったわたしの欲望が鼻から抜ける。

吐息と舌が絡み合えば、お互いの口から水音が立つ。

——卑猥《ひわい》な音。

けれど、恥ずかしさなんか欠片《かけら》も湧いてこない。

悠基の剥《む》き出しの欲が、わたしの羞恥心《しゅうちしん》を消し飛ばしてしまった。

わたしの腰を掴《つか》む手が、唇を貪《むさぼ》る舌が、粘膜が、わたしを欲しいと唸《うな》り声を上げている。

――嬉しい。

絶対に逃がさないと伸ばされる彼の腕《かいな》が、愛しくて堪《たま》らない。

「……ぁっ、ゆ……きぃ……」

わたしは今から、この男に食べられる。

その欲望で、わたしを丸呑みにしてほしい。

その凶暴な熱で、臆病で卑怯《ひきょう》なわたしを溶かしてしまってほしい。

「……は、あいり……」

キスの合間に名前を呼ばれ、下半身がズクンと疼《うず》いた。

ああ、その声。欲望に満ちた彼の声が、わたしの神経を引っ掻いて、興奮を煽《あお》る。

「……もっと」

もっと呼んで。わたしの名前を。

もっともっと溶かして。

その熱で。

いっそハチミツみたいになって、甘く啜《すす》られたい。

まるごと、ぜんぶ、わたしを飲み干して。

わたしは悠基の頭を掻き抱いた。

筋張った首に、噛みついてやりたい。

わたしの舌をなぶっていた悠基が、突然唇を離した。

「――っ、くそっ！」

悠基がそう言うと、いきなりわたしの視界が逆さまになった。

「――!?　あ」

自分が米俵《こめだわら》のように担《かつ》ぎ上げられているのだとわかった。

「舌を噛むぞ。黙ってろ」

「なんでスイートってのは、こう無駄に広いんだ！」

悠基は吼《ほ》えるように毒づきながら、ずんずんと進む。その振動をダイレクトに感じ、苦しいやらおかしいやらで、わたしは顔を歪《ゆが》めた。

寝室へのドアを開けて、ようやくベッドに辿《たど》り着いた悠基は、わたしをドサリと下ろした。

身を起こす間もなくのしかかられて、キスをされる。

息を吐く暇もない。

口の中を侵しながら、悠基は手早くわたしの服を剥《む》いていく。色っぽさやムードなんかなしの、荒っぽい仕草だ。

いつだって余裕綽々《よゆうしゃくしゃく》な男が、こんなに必死になって、わたしなんかを欲しがっている。

欲しがられた経験がないわけじゃない。でも過去の男性たちのときには、それをなんとも感じなかった。それどころか、少し煩《わずら》わしくさえあった。

でも、今は違う。

スマートさをかなぐり捨てた、悠基の姿に、胸が熱くなった。

——触りたい。

彼の髪に、肌に。

余すところなく、触れ合いたい。

そう思うのに、わたしの両手は動かなかった。

怯《おび》えて泣き叫ぶもう一人のわたしが、そうさせてくれなかった。

わたしはこの人に触れたい。抱きしめたい。

こんな想いは、初めてなのに。

悠基の骨張った手がわたしの肌を滑った。ウエストのラインを撫でた後、ブラに触る。

ちっ、と舌打ちする音が聞こえ、悠基は邪魔だとばかりにわたしの背に手を潜り込ませ、ホックを外した。ふつり、と締めつけがなくなったかと思うと、悠基はわたしのさして大きくもない胸を両手で掴《つか》む。

悠基はベッドの上で初めて、笑みを漏らした。

「吸いつくような肌触りだな……」

やけに嬉しそうにそう言うと、ぱくりと頂《いただき》を咥《くわ》えた。

「んぁっ」

わたしは悲鳴を上げた。悠基はくぐもった笑い声を漏らすと、赤ちゃんのように吸い始めた。

「あっ、ん、……あぁっ、ん、ふっ」

強い刺激に、ビクビクと身体が震える。与えられた快感に、頂《いただき》が早くも色づいて立ち上がる。それを確かめると、悠基はもう片方に移って同じように愛撫《あいぶ》した。

「……っ、ぁ、ぁあんっ、ぁ」

悠基が繰り出す快楽に、わたしは啼《な》いた。

何も考えずに、身を委《ゆだ》ねる——

この快楽にそうして、思う存分溺《おぼ》れればいい。

次の瞬間、悠基の指がショーツの中に忍び込んだ。

熱い手の感触に、わたしの細胞が歓喜する。

「ぁあっ、ゆ、きっ」

くちゅり、という粘《ねば》ついた音。

悠基がククッと肩を揺らした。

「まだ触れてもないのに、ぐしょぐしょだよ。愛理はいやらしいなぁ」

「やぁ……！」

「ヤじゃないだろう？　イイ、の間違いだ。……ホラ」

にゅるり、と長い指がわたしの中に入り込んできて、その刺激にビクリと身を震わせる。

「あっ……！」

「あっさりオレの指を咥《くわ》え込んだ。何本入ってるか、わかる?」

クツクツと喉を鳴らしながら悠基が訊《たず》ねてきた。その間も、彼の指はぐちゅぐちゅと卑猥《ひわい》な音を立てて動き回っている。

「ぁ、ダメぇ」

「答えになってないよ、愛理」

「ぃやぁ!」

フルフルと首を振るわたしに、悠基はワザとらしく溜息を吐いて見せた。

「仕方ない子だな。二本だよ。胸を触られただけで二本もすんなり入ってしまうほど濡らしてるくせに、イヤだなんて嘘もいいところだ」

中でバラバラと指が踊り、襞《ひだ》を擦《こす》るように抽送《ちゅうそう》される。

「んっ、んっ、ふ、ぁあっ、ダメぇ」

「そんなイイ声上げてダメなんて言われても、全然説得力がない」

悠基がわたしの鼻にキスをして、ベロリと舌で舐め上げた。

悠基の意表をつく行動も、今のわたしの身体には、甘美な刺激となる。背すじに、炭酸のように細やかな愉悦《ゆえつ》が走り抜けた。

わたしの肌が粟立《あわだ》ったのに気づいたのか、悠基が嬉しそうに笑う。

「どこもかしこも感じやすいんだな。どこが一番スキなのか探るのも楽しいけど、これも悪くない」

ぼんやりとした頭で、彼に言われたことを繰り返した。

——感じやすい？　わたしが？

そんなはずはない。いつだって高まるまで時間がかかって、達することができないことの方が多かった。

「そ……んなこと、な」

喘《あえ》ぎながら反論すると、悠基は「ふぅん？」と訝《いぶか》しげな返事をした。

「そんなことない割には、ここはずいぶんとろっとろだけどなぁ？　もうオレの指がふやけそう……」

熱い呼気と共に囁きながら、悠基は蜜を零している入口の上の突起を親指で撫でた。

「……ぁっ!!」

ビリビリ、と強烈な快感がわたしを襲った。粘液を擦《こす》りつけるように指で円を描いて、悠基が言った。

「忌々《いまいま》しいね」

「——」

ゾッとするほどの低い声に、わたしは驚いて目を開けた。

目に飛び込んできた悠基の顔は、ひどく険《けわ》しかった。

「誰かに開発されたんだと思うと、ホント、忌々《いまいま》しい」

彼の目に浮かぶのは——嫉妬《しっと》。

ずいぶん勝手なことを言う。

自分だって、過去に女性を抱いたことがないわけではないだろうに。

なのに、わたしは呆れながらも彼の独占欲を嬉しいと思ってしまっている。

理不尽を突きつける彼の黒いスピネルの瞳が、わたしの下腹部に強烈な疼《うず》きをもたらした。

――熱い。

わたしの中の臓器が、欲しがっている。

悠基はわたしを睨《にら》んだまま、指の動きを速めていく。もうすぐ頭の中が真っ白になるだろう。

わたしは白い世界を求めて、覆《おお》い被さる悠基の身体に縋《すが》った。

「はぁっ……ゆぅきぃっ、おねが、もっとぉ！」

あられもなく欲しがるわたしに、悠基がくっと笑った。

「もっと欲しい？　どこに？　愛理。どこに、何が欲しいの？」

意地の悪い問いだったけれど、わたしにはもはや、羞恥心《しゅうちしん》など残されていない。悠基の顔を引き寄せて、やみくもに唇を押し当てて懇願《こんがん》する。

「おねがっ……ねぇ、おねがぃ……」

「うん？　何をお願い？　どこに、何が欲しいの？」

悠基の声はまるで子供を諭《さと》すかのように優しげで、わたしは甘えん坊みたいに彼の頬に顔をすり寄せた。

「わたしの、中にぃ……！」

「うん？」

「ゆうきのが、ほしいのぉっ」

わたしの情けない啼《な》き声に、悠基がふわりと微笑んだ。

「イイ子だね。じゃあ少し待って」

一度わたしから身を離し、悠基はジャケットを脱いだ。

そこで初めて、わたしは悠基がまだ服を着たままだったことに気づいた。わたしはもう全裸だというのに、悠基はボタンを外してすらいなかったのだ。

バサリ、バサリと悠基は無造作にそれらを脱いでいった。彼の身体の美しさに、わたしは息を呑んだ。

広い肩、厚みのある胸板、引きしまった腹筋。服を着ているとわからなかったそれらの部分は逞《たくま》しくも均整がとれていて、美術館に置かれた彫刻のようだった。

悠基はベルトを外してパンツを脱ぎ捨てると、四角いパッケージを歯で引き裂いた。

準備を整えるのだとわかって、わたしは目を閉じた。

瞼《まぶた》にキスを落とされ、目を開けると、悠基が至近距離で笑っていた。

「お待たせ」

どう答えていいものか考えていると、悠基がわたしの大腿の間に入ってきた。

期待で心臓がバクバクし始める。

悠基はわたしの体液を自分のものにまとわせるように、二度、三度と裂け目の上をスライドさせると、入口に宛《あて》がった。

「いくよ」

返事をする前に、悠基は一気に押し入ってきた。

「ひぁっ……!!」

わたしの膣《ちつ》を押し広げるようにして、異物が侵入してきた。

焼け焦《こ》げるほど熱い。

悠基のものはわたしのナカをみっちりと満たし、息が詰まるほどの圧迫感を与えた。

「……は、全部入った。……わかる? 愛理」

浅い呼吸で、悠基が訊《たず》ねる。わたしは朦朧《もうろう》とする意識の中、なんとか頷《うなず》いた。

悠基はとても嬉しそうな顔をしている。

「すごい……愛理の中、熱くてキツい……ヤバいな、持っていかれそう」

悠基はわたしを抱きしめたまま、しばらく動かなかった。肌と肌が密着し、熱が伝わる。彼の身体はとても熱く感じた。

悠基の匂いがする。グリーンノートに混じった、男の匂いだ。

セックスするのは久しぶりだった。

過去に彼氏と呼べる人は三人いたけれど、最後に付き合ったのは一年以上前だったから。

久しぶりの行為に身体は驚いていたけれど、悠基に快楽を引きずり出され、言いようもない歓喜が湧き起こってきた。

「動くよ」

悠基はそう言うと、ゆるゆると腰を動かし始めた。

やがて激しく抽送《ちゅうそう》し出すと、さらに強烈な刺激が加わり、わたしは堪《こら》え切れず獣のように啼《な》いた。

「ひ、ぁ、ぁんっ、ぁっ、ふぁっ……ゆうきぃッ、はぅ…ぁあんっ」

「……くっ、イイ声で啼《な》くなぁ……！　っ、その声、腰にくるっ……！」

腰を打ちつけられるたび、部屋の中に卑猥《ひわい》な音が響き渡り、わたしの頭の中に愉悦《ゆえつ》の白い花が咲いていく。

悠基が動きを止めて、わたしの身体をクルリと返した。うつぶせにされて腰を高く上げさせられ、すぐさま再び貫《つらぬ》かれて、わたしはハアハアと喘《あえ》いだ。この体勢だと、より深く悠基が入り込む。ものすごい圧迫感だ。

子宮の入り口まで悠基が満たしている。

じん……というだるい痺《しび》れが、下腹部に響いている。

「すごいな、丸呑みされてるみたいだ」

自身を少し引きずり出して、また押し込んでという動作をして、悠基が言った。

緩《ゆる》やかなその動きが物足りなくて、堪《たま》らず自分から腰を動かせば、悠基がクッと喉を鳴らした。

「やぁーらしいな、愛理は。自分から腰振っちゃって」

「やあっ……も、お願いぃ……」

「ホント、オレの仔猫ちゃんは、可愛くてエロくて……オレの方が飼い慣らされそう」

悠基が鋭く一突きした。

「ひあぁああんっ」

目の奥に火花が散った。

雷のように閃《きらめ》く、白い光。

「ホラ、あげるよ、オレを」

激しく強く、わたしを穿《うが》ち、さらにスピードを速めていく。

「い、ふぁんっ、ぁっ、あっ、ふ、くぅんっ、……ああっ」

「も、その声……堪《たま》んないな……」

肉と肉とがぶつかり合う音と、粘着質な水音が聞こえる。そして身体に響く振動に、わたしは揺さぶられてぐちゃぐちゃにされる。

こんなに深い快感を、わたしは初めて知った。

肉体の裏側まで届くセックス。

最奥を抉《えぐ》られるたび、快感は弾《はじ》けそうなほどに大きくなっていく。

「あっ、あっ、ああっ…………！」

あと少しで、弾ける。

それはほんの少しの恐怖を伴《ともな》っていた。

――怖い、その先が。

――でも速く、もっと速く！

「愛理っ……はっ、オレも、もうっ……」

苦しげで切なげな悠基の声が鼓膜に響き、次の瞬間弾《はじ》けた。

自分の甲高い声を最後に、わたしは果てた。

＊　＊　＊

目が覚めると、ベッドに悠基の姿はなかった。

——仮初《かりそ》めの恋人だから、当たり前、か。

そう思いながらも、少し淋しいと思ってしまっている自分に呆れる。

——淋しいだなんて、どうかしてる。

もっと強くならなければ。

自分を叱咤《しった》しながら身体を起こすと、ベッドのサイドテーブルにメモが置いてあるのに気づいた。

白い紙の上には、フェルトの小さな花——ブートニエール。

中央に輝くのは、悠基のジャケットについていた極上のアレキサンドライトだ。

それをそっと掌《てのひら》に載せてメモを見れば、男性にしては綺麗な字が並んでいた。

『愛理へ
仕事があるので行きます。
良く眠っているので、起こさずに行くよ。

昨夜のキスの報酬《ほうしゅう》に、オレの心を。

悠基』

アレキサンドライトの石言葉は、『秘めた想い』――

もちろん、それを知っていて、わたしへのメッセージを伝えようとしたのだろう。

「……キザ過ぎるでしょう……」

そう言いながらも、さっきまでの淋しさが吹き飛んでしまっていたことに、わたしは気づかないフリをした。

06　瞼《まぶた》に、憧憬《どうけい》。

次の日から、さっそく仕事を開始した。

悠基は別の仕事があって不在だったけど、昨日の今日でどんな顔をして会えばいいのかわからなかったから、わたしにとっては都合が良かった。

あの強引な口調やシニカルに笑う顔が近くにないのが、なんだか物足りなかったけれど――

「では、まずはこのウエディングイベントのイメージを具体的に決めていきたいと思います」

昨日の小広間で、ウエディングプランナーの高口さんが言った。ウエディングというイベントに最も詳しいのが高口さんであるため、この仕事は彼女を中心として進められる。

今日は昨日紹介されたメンバーだけでなく、料理を担当する汐騒館内のシェフや、高口さん以外のプランナーも来ていた。

用意されたホワイトボードの前に立った高口さんは、わたしを含めたスタッフをぐるりと見回すと質問を投げかける。

「もちろん、それはこの汐騒館のイメージにあったもの。そのようなものでなくては意味がありません。ということで、このイベントに対する皆さんそれぞれのビジョンというか……こういったものにしたいという意見や希望を伺いたいと思います」

ハキハキと述べる高口さんに、近松さんや須藤さん、零ちゃんも頷《うなず》いている。まずは年長の近松さんが口を開いた。

「やっぱり、和のテイストは入れたいよね。汐騒館独特の、このレトロな雰囲気も活《い》かすべきだと思う。スイーツにも、そういったものを取り入れられればと思うね。ちょっと安易かもしれないが」

高口さんはにっこりと微笑み、「なるほど」と言いながらホワイトボードに出された意見を書いていく。

「そうね、和、ってのはキーワードだと思うわ。何しろこのホテルの外観って、映画の撮影に使われるほど明治時代っぽいし？　その時代の日本を彷彿《ほうふつ》とさせるものがいいわね」

そう言ったのは、須藤さん。オネエ言葉で話されると、なんだか場の雰囲気がほんわかと和むから不思議だ。見た目はシャープなイケメンなのに……

わたしもそんな空気の中、手を上げてみた。

高口さんがこちらを見て、目だけで促《うなが》す。

「基本的に和、というイメージで間違いはないと思うんです。でも、和にもいろいろあって、いわゆる『京都』とか『着物』とかっていう『和』ではないと思って……須藤さんの仰ったように、汐騒館は鹿鳴館に良く似ていて、明治時代を象徴するような外観です。明治時代っていうのは、日本に外国からの文化が一気になだれ込んできた、混沌《こんとん》の文化でしょう？　和と洋が混在する、その躍《やく》動感《どうかん》が欲しいと思います。爆発力、とでもいいますか……」

「爆発力？」

わたしの言葉は、唐突に発せられた高口さんの声に遮《さえぎ》られた。

ビックリして彼女を見ると、小首を傾《かし》げた体勢で薄い唇を歪《ゆが》めている。それが嘲笑《ちょうしょう》のように見えたのは、わたしの気のせいだろうか。

「爆発力、というのは、汐騒館にはそぐわないわ。『白亜の貴婦人』と呼ばれるそのイメージは、あくまで優雅で上品。そんな野蛮な印象は、そもそもウエディングという神聖な儀式に相応《ふさわ》しくないと思うの」

高口さんの否定の言葉に、わたしは呆然《ぼうぜん》とした。

だって、それはわたしの言いたいことの本質ではない。説明の仕方が悪くて伝わらないと言われれば仕方ないけど、その説明だってまだ途中だった。にもかかわらず、彼女の口調はひどく冷たく、わたしの意見がまるで的外れだとせせら笑うようですらあった。

――確かに『ウエディング』というイベントに関して、この人はプロだ。しかも一級の。

「――す、みません……。でも、言いたかったのは爆発力という言葉の、野蛮な方のイメージではないんです……」

謝りつつも、自分の言いたかったことを説明しようとすると、またもや高口さんは片手で制した。

「たとえそうであったとしても、受け手にそういったイメージを与えてしまう単語を使うのは、リスキーだわ。我々はイベントを創り上げ、お客様に提案するの。リスクはできるだけ避けなければならないわ。このイベントに参加なさるんなら、それくらい理解しておいてくださいね」

「――す、みません」

高口さんの言葉は穏やかだったけれど、わたしにはまくし立てられているように聞こえた。

――なんだろう、これは。

正直、彼女の言ってることに納得できる部分は少なかった。

彼女が指摘したことは、ハッキリ言って言いがかりでしかない。このミーティングでは、まだお互いのイメージを出し合っている段階だ。大体、わたしが使った『爆発力』という単語は、わたしが言いたかったイメージの説明の一部でしかなく、その単語そのものをキャッチコピーとして使いたいと言っているわけではない。

それを途中で遮《さえぎ》ってまで、やり込める理由。それは――

――悪意？

高口さんは、わたしを嫌っている。ハッキリとわかった。

でもなぜなのか見当が付かず、わたしは狼狽《ろうばい》した。だってわたしたちは昨日会ったばかりだ。それも自己紹介をし合っただけ。そのごく短いやり取りで、彼女がなぜわたしをここまで露骨《ろこつ》に嫌うのか理解できなかった。

一気に凍《こお》ってしまった場の空気に、いたたまれなくなる。近松さんと須藤さんは顔を見合わせて意味深に苦笑いをしている。他のスタッフもどうしていいか、と途方にくれた顔をしていて、わたしは泣きたくなった。もちろんこんなところで泣くほど、子供じゃないけれど。

その空気を破ってくれたのは、零ちゃんだった。

「『爆発力』がダメなら、『センセーション』はどうですか？　あるいは『モダン』なども。彼女が言いたかったのは、そういうことだと思うんですよ。いずれにしても、今ここではあまり重要なことではありませんし、先に進みましょう」

零ちゃんの柔和《にゅうわ》な物言いを聞き、高口さんが場を仕切り直すように咳払いをする。そしてミーティングはなんとか再開された。

皆がそれぞれに意見を言い合う中、わたしだけが一人言葉を発することができずにいた。

たぶん高口さんはわたしが言うことを、全て否定しにかかる。それが怖かったのだ。さっきのように場の空気を凍《こお》りつかせるのが怖い。

わたしだけを取り残して、ミーティングは着々と進んでいく。まるで傍観者のようになったわたしは、子供じみているとわかっていながらも、ひどく孤独を感じてしまった。

――意見を言えばいい。これは仕事なんだから。

わかっていても、出鼻をくじかれて萎縮《いしゅく》した気持ちを立て直すことができなかった。そしてミーティングは終了したのだった。

＊　＊　＊

庭に設置された噴水。さほど大きいわけではないけれど、この汐騒館と同じようなノスタルジックな雰囲気に、わたしは溜息を吐いた。

ミーティング終了後、わたしは逃げるようにして小広間を出た。人のいないところを探して歩いていたら、ここに迷い込んだのだ。

ミーティングの間中、呼吸するのが苦しかった。せり上がってくる孤独感を必死で堪《こら》えながら、わたしは考えていた。

――どうしたらいい？

司会進行を務めた彼女は、あれ以後わたしを完全に無視してミーティングを進めた。時折雫ちゃんがこちらを心配そうに見ていたが、雫ちゃんも他の人たちも、わたしを庇《かば》えば場の雰囲気が再び凍《こお》りついてしまうことがわかっていたのだろう。イベントへ向けての初めての会議で、要《かなめ》であるウエディングプランナーとの関係をこじらせたくないのはよくわかる。わたしがその立場なら、きっと彼らと同じことをしただろうから。

――でも、このままじゃ、仕事ができない……

わたしはここにジュエリーを作りにきたんだ。このイベントをイメージしたウエディングアクセサリーを。このままじゃ、わたしの腕を認めてくれた悠基に、申し訳が立たない。

でも高口さんがあの態度のままだとすれば、この仕事を進めていくのはとても難しいものとなってしまうだろう。

「…………困ったなぁ」

途方に暮れて、わたしは噴水の縁に腰掛けて深い溜息を吐いた。

賞を取って浮かれていた。この仕事に選ばれて、有頂天《うちょうてん》になっていた。

悠基との仮初《かりそ》めの恋人関係も、それに拍車をかけていたのだろう。

なんでもできる気になっていたその矢先に、これだ。

情けなくて、涙が出そうだ。

「……なんなんだろうなぁ……」

声が震えそうになって、歯を食い縛った。

泣きたくない。こんな初《しょ》っ端《ぱな》から泣くなんて、ヘタレ過ぎる。

――笑里みたいに、強くならなくては。

生まれてからずっと一緒だった、わたしの片割れ。嬉しいことも哀しいことも、全部二人でわかち合ってきた。

わたしたちはいびつな双子だ。母のお腹の中で一緒に育ってきたのに、全く似ていない。二卵性だから当たり前でしょうと言われればそれまでだが、外見だけのことを言っているのではない。わたしたちは、根幹では一つのはずなのだ。少なくとも、幼い頃はそう信じていた。だから、同じものが好きで同じものが嫌いなのが当たり前――

でも、そんなことは決してない。

だってわたしと笑里は、どう考えたって別々の人間なのだから。同じもの、同じ価値観を貫《つらぬ》くことなんか不可能だ。

わたしたち双子の溝は、年を重ねて世界が広がっていくにつれて、深くなっていった。そして、笑里よりも全てにおいて劣《おと》っていたわたしは歪《ゆが》み始めた。

わたしよりもキレイな笑里。

わたしよりも運動のできる笑里。

わたしよりも社交的な笑里。

わたしよりも皆に好かれる笑里。

わたしよりも――

わたしの醜《みにく》い自己否定は、笑里へと矛先《ほこさき》を向けて、中学生のときの彼の件で爆発しそうになった。零ちゃんに諌《いさ》められてその場は収まったけれど、わたしはそのとき初めて自分の中の醜《みにく》い感情に気づいたのだ。

――わたしは、笑里を憎んでいる。

わたしは双子の姉を憎んでいるんだ。

そう気がついたとき、わたしは自分が嫌いになった。大切な姉を、憎いと思ってしまえる自分自身を。

だから、必死に隠そうとした。自分の中の獣のような感情を、誰にも見つからないように、いくつもの鍵をかけて胸の深淵《しんえん》に沈めた。

なのに、それはいとも簡単に浮かび上がってしまったのだ。

——あの光景を見たときに。

眠る笑里の髪に、零ちゃんがキスをした、光景。

わたしが欲してやまないそれを、眠っていても手に入れてしまう笑里が、憎かった。

憎くて憎くて、仕方なかった。

だから、逃げ出した。

笑里をこれ以上憎んでしまわないように。

自分の中の醜《みにく》いものを、さらけ出してしまわないように。

だから、わたしはもう二度と心のうちに誰も入れてはいけない。

誰にも入らせない。それでいい。

そうすれば、自分でも制御できない感情の坩堝《るつぼ》に投げ込まれて、のた打ち回る羽目《はめ》にはならない。

常に自分を律して、まっすぐに立っていられる。

そう思って離れたのに、わたしよりも先に成功したのは、やっぱり笑里だった。わたしがいなくても、自分の道を切り開いている。テレビで観る笑里はいつだって輝くような笑顔で周囲を魅了し、そして同じように成功を手にした零ちゃんという婚約者まで得た。

わたしが、笑里に会うことを躊躇《ちゅうちょ》し、立ち竦《すく》んでいる間も彼女は前進し続けていたのだ。

——笑里が今のわたしの状況に陥《おちい》ったら、どうしただろう？

そう考えて苦笑した。

笑里だったら、まず高口さんに嫌われたりしないだろう。

笑里は誰にでも好かれる、カリスマ性を持っている。誰もが笑里を好きにならずにはいられないのだ。

わたしが笑里になれるわけでもないのに、何を考えているのだろう。

——ああ、ダメだ……久々に、キタ。

泣きたい。だが、泣くものか。

身を小さくしてその衝動に耐えていると、低い声が降ってきた。

「こんなところで、どうした？」

顔を上げると、こちらを見下ろす、黒い瞳があった。

「……悠基」

なんでこんなところにいるんだろう。この男は、つくづく来て欲しくないときに現れる。

わたしは額を押さえてうつむいた。笑里のことを考えているときには、誰にも会いたくないのだ。

さぞかし情けない顔をしていることだろう。

せっかく顔を隠したのに、悠基はわたしの顎《あご》に指をかけてグイッと上を向かせた。

「ちょ」

「なんで泣いてる？」

わたしは泣いていない。泣きたい気持ちではあったけれど、外で涙を流すほど幼くない。

「泣いてませんけど」

「もうすぐ泣くところだったんだろう」

「――」

どうしてだろう。今ものすごく、目の前の男を殴ってやりたい。

どうしてこの男は、わたしの隠しておきたい感情を引きずり出すのか。

わたしは悠基の手を振り払って立ち上がった。

「いいえ。何を根拠に？」

そう答えたわたしに、悠基は一瞬目を瞠《みは》って、それから皮肉気に口元を歪《ゆが》めた。

「また爪を立てた仔猫に逆戻りか。昨夜はあんなに可愛かったのに」

昨夜――あの濃厚な夜の記憶がよみがえってきて、わたしは頬が熱くなった。

そのわたしの表情を見て、悠基が大きく相好《そうごう》を崩した。なぜこのタイミングで笑う。

しかもそんな蕩《とろ》けたバターみたいな顔で。

「カワイイ」

うるさい。なんなんだろう、本当に、この男は。

わたしの心に土足で踏み入ってきたかと思えば、まるで孫を甘やかす祖父母のような顔でわたしを見たりする。強盗に遭《あ》って頭を撫でられているような、おかしな気分になる。

わたしは返す言葉が見つからず、口を引き結んだ。明らかに不機嫌な態度を示しているというのに、悠基はなおも食い下がる。

「愛してるよ、愛理」

「セクハラ」

「どうして恋人に愛の告白をしてセクハラなんだ……」

困ったように呟《つぶや》きながら、わたしを背後から包み込む。

――困るのはこっちだ。

わたしは眉をひそめた。

こうもはっきりと態度で示されれば、悠基がわたしに何を求めているのか、否《いや》が応《おう》にもわかってしまう。

悠基は、わたしを丸ごとよこせと言っている。

――できるわけない。

わたしはまともに人を愛せない。

笑里にこの世から消えて欲しいと思った。

零ちゃんに恋していた。恋していたのに、笑里を選んだ零ちゃんを許せなかった。不公平だと大声で罵倒《ばとう》したかった。

わたしの中の弱さや醜《みにく》さを、悠基は、きっと受け止めきれない。

私自身が、受け止められていないのに。

——だから、できない。

だって、全てを晒《さら》して、悠基に嫌われてしまったら？

嫌悪に歪《ゆが》んだ表情を向けられてしまったら？

そんな想像をした後、わたしはゾッとした。

「……仮初《かりそ》めの関係だと、言っているでしょう」

わたしの言葉に、悠基は全く動じない。飄々《ひょうひょう》として鼻を鳴らしている。

「今だけ、ね」

だからわたしも鼻を鳴らし返してやった。

「未来はないです。そういう約束だったでしょう？」

出来の悪い子供を諭《さと》すように言うと、悠基は笑って腕を解《ほど》き、わたしの手首を掴《つか》んで噴水の傍にあるベンチに座らせた。その隣に自分も腰を下ろして、「さて」と呟《つぶや》く。

「何があった？　こんなところで一人で泣くほど、君に誰が何をしたの」

「——っ」

油断した。泣いてしまいそうになって、ぐっと息を止めた。

全くもってしつこい男だ。

わたしが泣かないようにどれだけ堪《こら》えているか、わかっているんだろうか？

もしかしたら、それをわかってやっているのだろうか!?

わたしは舌打ちしたい衝動に駆られたが、かろうじて抑えた。

心を落ち着けるために、意識して静かな声を発する。

「――何もありませんってば」

「泣いていただろう」

「泣いてないです」

高口さんのことは、悠基に言いたくなかった。まるで先生に告げ口をする小学生のようだし、出だしから対人関係でつまずいてしまったなんて、恥ずかしくて言えるはずがない。

強情だろうが無駄なプライドだろうが、これがわたしだから仕方がない。

放っておいて頂きたい。

言外の主張が伝わったのか、悠基はわたしの顔を見て沈黙した。

――呆れるなら、呆れればいい。そしてわたしなんか、放り出してしまえばいいんだ。

悠基がこれ以上、わたしに近づかないように。

そんなことを考えながら、悠基を睨《にら》み続けた。

それなのに、どうして、胸の奥が痛いような気がするんだろう。

悠基はわたしをじっと見たまま、ぽつりと言った。

「君が心を閉ざしてしまう理由はなんなんだろう」

「――え？」

悠基の表情からは苛立ちは感じられなかった。ポカンとしてしまったわたしの頬を手の甲で撫でる。わたしは悠基の黒い瞳に見入ってしまう。

「他人が近づくと、君は必ず自分を閉じてしまうね。そういう頑《かたく》なさは性格なのかと思っていたけど、違うみたいだね。君は何かを怖がっている。何を怖がっているんだ？」

悠基は淡々と言う。

淡々と、刃物のようなスピネルの瞳で、わたしを切り刻んで分析しようとする。

――暴《あば》かれる。

わたしの醜《みにく》さを。

――やめて！

叫びたいのに、声が出ない。悠基の黒い瞳が、わたしの動きを封じ込めた。

悠基はさらに畳み掛ける。

「言いたくない？　じゃあ質問を変えよう。君がオレを拒むのは、お姉さん――『エミリ』が原因？」

息が止まった。

どうして。

なぜ、悠基が笑里を知っているの。

悠基がフ、と吐息のような笑いを漏らした。

「そんなに驚くようなこと？　ちょっと考えればわかることだ。初恋の幼馴染《おさななじ》み、その婚約者である双子の姉……破れた恋から生じる葛藤《かっとう》……単純な推理だよ。でも、君のお姉さんが、あの『エミリ』だったなんてね」

『エミリ』に辿《たど》り着いたのは、零ちゃんの存在からだろう。零ちゃんとエミリはメディアにも交際を発表している。

でも、それとこれとは別の問題だ。

「あなたになんの権利があるの？」

ようやく絞り出した声は、情けないことに震えていた。動揺を隠せていない、みっともない声。

剥《む》き出しの感情が噴き出てくる。それはわたしが最も避けてきたこと。感情が乱れれば、わたしは自分を制御できなくなってしまうから。

それなのに、止められない。

止まらなかった。

「わたしが何を恐れていようが、あなたには関係ないでしょう。わたしを暴《あば》いて晒《さら》して、どうしたいの？　罰したいの？　わたしがあなたに何をした？　罰されるようなことを、何かした!?」

気づくとわたしは喚《わめ》き立てていた。

こんな剥《む》き出しの自分、大嫌いだ。こんな風にわたしを晒《さら》してしまう悠基も、大嫌いだ。

うっすらと滲《にじ》んだ涙の向こうで、悠基はじっとしていた。わたしとは対照的に、涼しげな表情で。

「罰しているのはオレじゃない。君自身だろう」

「――違う」

「そうかな？　じゃあ、差し伸べられた手をどうして拒む？　なぜ一人になろうとするんだ？　孤独が好き？　そうじゃないだろう？　昨夜、君はオレの腕の中で満足そうだった。安心して、幸せそうに眠っていた」

「嘘よ！」

思わず叫んだ。そして気づいた。今まで、わたしは男性の傍で眠ったことはなかった。自分の家に男性を上げたこともなかったし、行為が終われば必ず家に帰っていた。

その方が、安心だったのだ。

でも昨夜は快楽でドロドロに溶かされて、全てが曖昧になってしまっていた。

「嘘じゃない。オレはずっと見ていた。オレの腕の中で、子供のように無防備に眠る君を。柔らかな身体を抱きしめて、髪を撫でて、閉じられた瞼《まぶた》にキスをして——オレは、幸せだった」

その光景を想像してしまい、カッと顔に血が上った。

わたしが悠基の腕の中で幸せそうに眠っていただなんて、そんなのありえない。ありえないんだ。

わたしは、誰もいらないんだから。

そう思うのに、どうして言葉が出てこないのか。

——本当は、わかっているんでしょう？

誰の声。

でも確かにその声はわたしの中で囁いている。

——どうして悠基の腕の中で眠ることができたのか。わかっているんでしょう？

わたしは耳を塞《ふさ》ぎたくなった。

わかっているとしたら、どうだと言うの!?

何か状況が変わるとでも!?

悠基がこの手を離さない保証なんて、どこにもないじゃない！

大声でそう叫べたら、少しはマシだったかもしれない。

でも、叫ぶ勇気すら、わたしにはないんだ。

悠基はうつむいたわたしの頬を、大きな手で包み、持ち上げた。悠基の顔を見たくないから瞼《まぶた》を閉じたい。なのに、視界を覆《おお》うゆらゆらとした膜がさらに分厚くなって、瞬《まばた》きができない。

絶対に零すもんかとさらに目を見開いたわたしに、悠基が小さく噴き出した。

「意地っ張りだな！」

「うるさい。だまれ」

「好きだよ、愛理」

「だまれ」

「黙らない。ねぇ、愛理。まだ小さな女の子だったときの夢はなんだった？　どんな人になりたくて、どんな人と結婚したかった？　小さな頃に望んだのは、幸せだっただろう？　決して孤独なんかじゃなかったはずだ」

いきなり話が変わって、わたしは面喰らった。

小さな女の子だったとき？

――まだ、笑里と自分との区別が曖昧だった、あの頃。

わたしは、お嫁さんになりたかった。

優しくて素敵な旦那さんと結婚して、仲良く一緒に暮らしていきたいって。

自分も笑里と同じように、誰からも愛される人間だと思っていたから。

そう考えていたけれど、現実は違った。

わたしは笑里より劣《おと》っていて、誰よりもわたしたちを平等に扱ってくれた零ちゃんだって、笑里を選んだ。

愛されるのは、いつだって笑里だ。

わたしじゃ、ない。

笑里を憎んでしまうようなわたしには、愛される資格がないんだ。

「愛してるよ、愛理」

ふいに降ってきた言葉に、物思いに耽《ふけ》っていたわたしは意識を取り戻した。焦点《しょうてん》を合わせようとしたけれど、わたしの目にはまだ涙が溜まっていて、ぼやけている。

「君の呪縛は、オレが解《と》いてあげる。君が小さな女の子だった頃に望んだ幸せをあげる。だから、早くそこから出ておいで」

バカバカしい、といつもなら一蹴《いっしゅう》するような、クサい台詞《セリフ》。

それなのに、彼の声が切なくなるほど優しくて、わたしは胸の痛みを感じて目を閉じた。

視界を覆《おお》っていた膜が瞼《まぶた》に押し出されて、零れ落ちる。

両頬に生ぬるいものを感じたのと同時に、瞼《まぶた》に柔らかなものが押し当てられた。

優しい優しいキスだった。

07　太腿に、支配。脛《すね》に、服従。

予想通り、高口さんとの関係は良い方向には向かわなかった。

最悪と言っても過言ではない。

彼女はわたしの意見をことごとく覆《くつがえ》すばかりか、しまいにはこの企画からわたしを締め出そうとしていた。

悠基は常に多忙で、企画チームに参加するのは稀《まれ》だったし、零ちゃんも他の仕事で席を外しているという悪条件が重なった日、決定的な出来事は勃発《ぼっぱつ》した。

「申し訳ないけれど、古川さん。あなたの意見はあまりにも素人じみていて、取り入れることはできないわ」

高口さんがまるで子供に言い聞かせるかのようにそう言ったとき、ついにわたしの堪忍袋《かんにんぶくろ》の緒が切れた。

スタッフの前で、これはあんまりにも酷いだろう！

わたしは拳《こぶし》を握りしめた。

「何が気に食わないのか知りませんが、わたしはジュエリーデザイナーとしてここに仕事に来てるんです！　イベントに関わらせてもらえなければ、仕事になりません！」

張り上げた声が震えないようにするだけで精一杯だった。そもそもわたしは誰かと対立したことがない。誰かに特別視されることもないけれど、敵視されたこともなかったのだ。だからこんな風に人前で誰かに楯突《たてつ》くような真似、正直怖くて仕方なかった。

でも、自分の仕事に誇りを持っている。わたしの作品を見て、わたしを選んでくれた、悠基に報《むく》いるためにも、理不尽な嫌がらせに、屈するわけにはいかない。

これ以上、高口さんのいいなりにはならない。

小広間の空気がピンと張り詰め、他のスタッフたちは固唾《かたず》を呑んでわたしたちの様子を見守っている。

足を踏ん張って、嘲笑《ちょうしょう》を浮かべている高口さんを睨《にら》んだ。

高口さんは大仰《おおぎょう》に驚いた顔を作って、肩を竦《すく》めた。

「あら！　あなたお仕事する気があったの⁉　てっきり望月社長のお尻にくっついて見学に来てるんだとばっかり思っていたわ！」

「――」

あまりの言いように絶句するわたしを見て、高口さんは浮かべていた笑みをスッと消した。キレイに化粧を施した顔に、ゾッとするような憎悪《ぞうお》の色が浮かんでいる。

「いいこと？　社長のお気に入りだか知らないけど、色目を使って仕事をもぎ取るような人間には、このイベントに関わって欲しくないの。ウエディングは神聖な儀式よ。あなたみたいな浅ましい女は、相応《ふさわ》しくないのよ！」

一瞬、言われている意味がわからなかった。

――『色目を使って仕事をもぎ取る』

仮初《かりそ》めとはいえ、わたしと悠基は恋人関係にあると公言している。だから、それを快《こころよ》く思わない人が出てくることを想定していなかったのは、うかつだった。

冷や汗が出そうだったけれど、わたしは挽回《ばんかい》を図るために高口さんに向き直った。

「それは、どういう意味ですか？　わたしは確かに望月社長とお付き合いをしていますが、仕事とプライベートは分けているつもりです」

「あら？　ジュエリー制作のためだかに、高級な専用機器まで何台も買い揃えてもらったそうじゃないの。厚かましいにもほどがあるわ！」

「そ、れは……！」

言葉に詰まった。でも、言い訳をするなら、あれはわたしが望んだのではなく、ここに到着した時点ですでに悠基が用意していたのだ。

でも、そんなことを言えば今度は悠基の立場を悪くしてしまうだろう。

ザワ、と場の空気が揺れた。高口さんが勝ち誇ったように笑っている。

――どうして。

わたしは唇を噛み締めた。

どうして、彼女はわたしを憎むんだろう？　わたしが悠基と付き合っていることが気に食わないにしても、わたしの仕事を見る前から排除しようとするのは、プロとしてどうかと思う。

そこまで考えて、ハッとした。

そうか、この人は――

悠基が、好きなんだ。

わたしを見る苛烈《かれつ》な目に含まれているのは、嫉妬《しっと》。ならば、全て納得できる。

わたしは確かに悠基と仮初《かりそ》めの恋人関係にある。それは事実だ。その事実が気に食わない高口さんを宥《なだ》めるには、悠基と別れるのが一番の解決法だろう。

もともとこの仕事の期間だけの関係なのだから、仕事を円滑《えんかつ》に進めるためなら、それくらいなんでもない選択だ。

それなのに――イヤだ。

湧き起こったのは、否定だった。否定しかなかった。

最善を選ぶべきなのに、心が拒む。悠基と出会ってから、わたしは自分の心をコントロールできなくなってしまっている。

わかっているのに、どうしてもそうしたくない自分がいた。

――困る。こんな状況は、困る！

息苦しさを感じたとき、鋭い声が響いた。

「それを言うなら、僕も望月社長に、花を生けるための花器《かき》を買ってもらうことになっていますがね？　彼女一人を糾弾《きゅうだん》するのは、間違ってやしませんか？」

全員がハッとして声の方を振り返ると、いつの間に来ていたのか、扉の前で零ちゃんが、にっこりと笑ってこちらを見ていた。笑っているのに、まるで睥睨《へいげい》しているように見えるから怖い。普段は柔和《にゅうわ》な零ちゃんだけど、怒ると人が変わったような殺気を全身にみなぎらせるのだ。あの、中学のときの事件でもそうだった。

零ちゃんは凍《こお》りついている高口さんに、ゆっくりと歩み寄った。

「ちなみに僕が頼む予定でいるのは、人間国宝である加藤観月《かとうかんげつ》氏の花器《かき》だ。値段は推《お》して知るべし、と言ったところかな？　ああ、須藤さんも、ドレスの生地をフランスの老舗《しにせ》工房に注文するんでしたっけ？　近松さんは、汐騒館のイメージを象《かたど》ったカヌレ型を特注するとか。どれもとんでもない値段がするはずですよ」

——え、そうだったんだ。

驚いて須藤さんや近松さんを見ると、彼らは平然としていて、わたしと目が合うとニヤリと笑った。もしかして、わたしはこの人たちに試されていたんじゃ……

どう考えてもイチャモンでしかない高口さんの言い分を、彼らは黙って聞いていた。つまり、わたしが彼女にどう対応するのか、高みの見物をしていたということだ。

——食えないオッサンたち。

零ちゃんは高口さんの目の前に立つと、ほんのわずかに首を傾《かし》げて、にっこりと微笑んだ。

「望月社長は、最高のイベントにするためなら、どんなことにでも協力すると言ってくれました。だから、僕にもありったけの力を注いで欲しいと。僕はその情熱に押されて依頼を受けました。もちろん、この仕事が楽しそうだというのも理由の一つでしたが、何よりも望月社長の成そうとしていることを、目の前で見てみたいと思ったのが一番の理由です。あなたも、そうではないですか？ 高口さん」

零ちゃんの言葉には有無を言わせないすごみがあった。

高口さんは気圧《けお》されたのか、唇を引き結んで首肯《しゅこう》した。零ちゃんはようやく彼女から視線を外した。

「さぁ、皆さん。スタッフの士気《しき》が高まったところで、仕事に取りかかりましょう！」

パンパン、と両手を叩いて零ちゃんが声高に言った、そのとき——

「なんの騒ぎだ？」

訝《いぶか》し気に小広間に入ってきたのは、話題の悠基その人だった。

せっかく零ちゃんが仕切り直した空気が、悠基の登場で再び凍《い》てつく。

皆が物言いたげに悠基を見つめる中、零ちゃんは笑顔のままで言った。

「お帰りなさい、社長。お話があるので、少々お時間を頂けますか？」

物言いは柔らかかったが、その裏に剣呑《けんのん》なものが隠れているのに気づいたのは、たぶんわたしだけじゃないはずだ。

現に、近松さんが堪《こら》え切れないといったように、ククッと喉を鳴らしたのが聞こえた。須藤さんが片眉を上げて彼の脇腹を肘《ひじ》で突っついている。——本当に、この二人は食えない！

悠基は視線だけで部屋中をぐるりと見回し、零ちゃんに向き直った。

「ああ、わかった」

何か問題が起きていることに気がついたのだろう。そう言うと、二人は小広間を出ていった。

＊　＊　＊

二人が出ていった後、高口さんもカツカツとヒールの音を響かせて小広間を出ていった。零ちゃんにやりこめられたのが、彼女のプライドを傷つけたのだろう。

――ああ、前途多難だなぁ。

わたしはうなだれて椅子にドサリと身を沈めた。

零ちゃんが庇《かば》ってくれたのは嬉しいけど、たぶん高口さんは今よりもさらに頑《かたく》なになるだろう。

そうなれば、わたしの仕事に対する妨害はさらに酷くなるに決まっている。

考えるだけでウンザリしてしまい、自分もまた小広間を出て、ふらふらとホテルの中を彷徨《さまよ》った。

喉が渇いた。緊張する出来事が続き、じっとりと汗をかいている。

少し落ち着きたくて、一階のラウンジでコーヒーを飲もうと思い、席を立つ。

エレベーターへと足を向けると、その扉の前に悠基と零ちゃんがいた。

――こんなところで話をしていたんだ。

二人はなんだかピリピリしている様子で、わたしに気がつかない。立ち聞きするのもなんだと思い、その場を離れようとしたとき、悠基の声が聞こえてきた。自然と足が止まる。

「……高口のことは、了解しました。そんなことをしているとは思わなかった」

――ああ、やっぱり高口さんのことだったか。

わたしは諦めの溜息を吐いた。

でも、確かに高口さんはスタッフの間の雰囲気をあえて悪くしようとしていた。零ちゃんが怒るのも、無理はない。

私は大きなパキラの寄せ植えにそっと身を隠す。盗み聞きは趣味が良いとは言えないけれど、彼らの話が気になる。

「全くですよ。望月社長ともあろう人が、人選をミスりましたね。自分の恋情を持て余して職場の雰囲気を悪くするなんて、トラブルメーカーも甚《はなは》だしい。まさかとは思いますが、あの女に手を出してたりしないですよね？」

「冗談！　俺は仕事相手と関係を持ったりしない」

「……へぇ？」

零ちゃんの声が一気に冷たくなった。

それはそうだろう。わたしだって「ハァ？」と思ってしまった。

けれど悠基は動じる様子もなく、片方の眉を大きく上げてみせた。

「愛理は、特別だから」

カァッと顔に血が上った。

頭が真っ白になった。

――特別？　わたしが？

こんな恥ずかしい台詞《セリフ》をこともなげに言うなんて、この男には、羞恥心《しゅうちしん》というものがないのだろうか。

「一目見た瞬間、彼女だ、とわかった。愛理を見た瞬間、彼女との未来を想像できた。今すぐに手に入れたい。そんな風に思った女性は、愛理だけだ」

話が飛躍しすぎていないか。

そもそも零ちゃんに向かって何を言ってるんだ。

もうやめてくださいお願いします。いたたまれない。

「だから、安心していいですよ」

悠基はわけのわからないことを言って、零ちゃんにニタリと笑いかけた。零ちゃんは怪訝《けげん》な顔つきをして黙っている。

「釘を刺すつもりだったんでしょう？　愛理とのことを。『零ちゃん』は」

「――なるほど」

「俺は本気ですから。泣かせないとか、傷つけない、なんて約束はできない。そんなことは不可能だから。でも彼女に対して真摯《しんし》でい続けることは、誓えますよ」

悠基は微笑みながらそう言う。その笑みは、噴水の前でわたしに見せた、あの優しい優しい笑みと同じだった。

胸が、締めつけられた。

悠基は腕を広げて、待ってくれている。

――わたしは？

わたしは、ただ、逃げている。

悠基のまっすぐな想いが怖くて、醜《みにく》い自分をさらすのが怖くて逃げているんだ。

——このままで、いいの？

それは、わたしの心に初めて湧いた悠基に対する気持ちへの疑問だった。

『仮初《かりそ》め』という言葉に逃げて、真剣にわたしを見つめてくれる悠基に応えないでいる。

卑怯《ひきょう》だ。わたしは、卑怯《ひきょう》だ。

悠基が優しいのをいいことに、その上で胡坐《あぐら》をかいている。

——悠基に、向き合わなくてはフェアじゃない。彼の想いに、彼と同じくらい真摯《しんし》に向き合わなければ。

でも、それは同時に、わたしが最も恐れている、わたしの中の最悪な部分をさらけ出すということだ。

わたしの弱さをありのままぶつけたら、悠基はどう思うだろうか？

——わたし自身ですら、耐えられないのに受けとめてくれるはずがない。

蔑《さげす》まれ拒絶されるのがオチだ。

あの優しい黒い瞳に軽蔑《けいべつ》の色が浮かぶのを想像して、ぞくり、と背筋が凍《こお》った。

——イヤだ。ぜったいに、そんなの耐えられない。

悠基に軽蔑《けいべつ》されるくらいなら……

そう思った瞬間、気づいた。

——わたしは、悠基が、好きなんだ……

本当に好きに、なってしまっていたんだ。

嫌われたくない。嫌われるくらいなら、卑怯《ひきょう》なままの自分でもいいと思ってしまうほど。

気づいてしまった想いは一気に膨らんで、圧倒的な質量でわたしの胸の中を満たした。

その勢いに耐えきれず、わたしは成す術《すべ》もなく立ち尽くした。

＊　＊　＊

「愛理」

ポン！　と肩を叩かれて、ぎょっとした。目を上げると、そこには零ちゃんの笑顔があった。

え、と思ってエレベーターの方を見れば、すでに誰もいない。

悠基はどこに行ったんだろう？

キョロ、と首を巡らせると、零ちゃんがニヤニヤした笑みを浮かべた。

「望月社長は仕事があるからって、もう行ったよ」

「……あ、そう……」

うわ、恥ずかしい。

零ちゃんの人の悪い笑みに冷や汗をかいていると、案の定言われた。

「盗み聞きだなんてお行儀が悪いなぁ、愛理」

やっぱりバレていた。

二十五にもなって、イタズラをして怒られる小学生のようだ。

「……大変、申し訳ございません……」

「まぁ、社長は気づいてないみたいだったけど」

「……そ、そう」

付け加えられた言葉にホッとしながら、わたしは曖昧に相槌《あいづち》を打った。

そうか。悠基は気づいていなかったのか。

あのこっぱずかしい発言をわたしが聞いていたと知ったら、やっぱり気まずく思うだろうし……いや、あの似非《えせ》イタリア男がそれくらいで動じるはずがない。むしろ『オレの愛が伝わった？』くらいのことを言いかねない。

「……で？　恋人からの熱烈な愛の告白を、どう思った？」

「………」

「いい男だよね、あの人。同じ男から見ても、本当にいい男。最初は無駄にスペック高過ぎて心配だったけど、大事にされてるみたいだし、安心した」

顔の表情筋がみるみる固まっていくのが、自分でもわかった。

「うわ。久々に見たなぁ、愛理の鉄壁の無表情。それ、おばさんに怒られたときとか、笑里と喧嘩したときにやってたよね」

「……そんなことは、な」

「自分のキャパを越えると、愛理は爆発させずに溜め込んじゃうんだよねぇ」

零ちゃんはわたしのボソボソとした否定の言葉を遮《さえぎ》って、一人で喋《しゃべ》っている。その顔がなぜか嬉しそうで、わたしはムカついた。

「溜め込んでません」

「出た。的を射られて腹立ててるときの棒読み」

「…………」

「で？　意地っ張りな愛理ちゃんは、今度は何を溜め込んでるのかな？」

溜め込んでいない、と言ったところで、零ちゃんが後に引かないのは、経験上わかっている。

でもだからといって、何を言えというのか。

『自分を好きだと言ってくれるひとを好きになりました。でも自分の内面の醜《みにく》さをさらけ出したくないから、告白もできません』

とでも？　言えるはずがない。

だからわたしは、逆に質問をした。

「……零ちゃんは、怖くなったこと、ないの？　笑里を好きでいるのが」

わたしの問いに、零ちゃんは口を噤《つぐ》んだ。何かを考えるように目を瞬《またた》き、逆にわたしに問いかける。

「漠然とした問いだね。怖いって、たとえば？」

「……好きになるって、ものすごくエゴイスティックな感情だと思うから。自分のこうしたいああしたいって思いばかりに振り回されて、気がつけば相手を置き去りにしていたり、相手を傷つけてやりたいとすら思ってしまう。だからわたしは、人を好きになるのが怖い。零ちゃんは、そんな風に思わないの？」

訊《たず》ねながら、そういえばこんなことを他の人に訊いてみたことなかったな、とぼんやりと思う。誰かと深く関わることを、ずっと避けてきたから。

「あるよ」

「え？」

意外すぎる零ちゃんの答えに、わたしは驚いて聞き返した。

零ちゃんはわたしの顔を見て、クスリと笑う。

「僕が聖人君子だとでも思ってた？　僕にだって負の感情はある。笑里と喧嘩だってするし、ときには腹が立って、笑里を憎んでるような気になることだってあるよ」

わたしは零ちゃんの顔を凝視した。零ちゃんは今までわたしが見たことのない笑みを浮かべていた。記憶の中の零ちゃんはいつも微笑んでいる。爆笑するときは顔がクシャリと歪《ゆが》む。苦笑もする。要注意なのは貼りつけたような嫣然《えんぜん》とした笑みだ。そういうときは大抵怒っているから。

でも、今のこの笑みはそれらのどれとも違う。

昏《くら》くて、深い――

それはわたしにとってひどく身近な笑みだった。わたしが抱えている、自分への恐怖、嫌悪、そういった負の色。

瞬《まばた》きもせず食い入るように見つめていると、零ちゃんは笑った。

「愛理。人が人と関わるときには、大なり小なり摩擦《まさつ》が生じるものだ。仕方ない。だって、別々の人間なんだから。異なる価値観がぶつかり合えば、相手への怒りや憎しみだって湧いてくる。もちろん、僕だって怖いよ。そんな風に思ってしまう自分が、醜《みにく》いと思う」

「――零ちゃんも？」

わたしだけじゃなかったんだ。でも、本当に？

零ちゃんも、わたしと同じ？

「僕だけじゃない。世の中の人たち皆、そういう自分と向き合って生きてる」

まっすぐに向けられた零ちゃんの言葉が、痛かった。

「――わたしは」

向き合えて、いない。

笑里を憎むのが怖くて、零ちゃんに怒りをぶつけるのが怖くて、逃げたから。

「向き合っているよ。愛理もちゃんと」

いつの間にか、うつむいてしまっていたわたしの頭を、零ちゃんがそっと撫でた。

「向き合えてなんか、ない」

「向き合ってる。向き合ってるから、そんな風に苦しむんだ」

わたしが――？

言われて初めて、わたしは気づいた。

わたしは、苦しかったんだ。

自分の醜《みにく》い心を見たくなくて、必死で押し込めたそれが再び顔を出すくらいなら、一人でいいと思ってきた。

触られないように、踏み込まれないように、自分の周りに高い高いバリケードを張り巡らせていれば安全で安定していた。

だからそれでいいと思ってきたのに、悠基が現れてしまった。

悠基は無警戒な笑顔と大胆な行動で、あっという間にバリケードを飛び越えて、わたしに手を差し伸べた。

『そこから出ておいで』

ここから出る？　この安全な場所から？

——無理よ。わたしは、あなたを傷つける。憎みすらするかもしれない。

何よりも、双子の姉を、誰からも愛される笑里を、この世からいなくなればいいと心底願うような、そんな醜《みにく》い自分を知られたくない。

だから、出られない。

「苦しいよ……零ちゃん」

ぼそり、と零れ出たのはそんな呟《つぶや》きだった。

零ちゃんの手は、まだわたしの頭を撫でている。

「……うん。どうして？」

「悠基が、好きなの。でも、悠基にこんな自分を知られるのが怖いから、言えない。それが、苦しい」

「こんな自分？」

「…………笑里を、双子の姉を、憎むようなわたしに」

「……愛理」

頭を撫でてくれていた手の動きがピタリ、と止まった。

と同時に、わたしの心臓が凍《こお》った気がした。零ちゃんの衝撃が手に取るようにわかったから。

――ああ、どうして言ってしまったの。

こんな風に、言葉にするべきじゃなかった。

わたしは「ははっ」と乾いた笑いを漏らした。顔を上げ、零ちゃんの目を挑むように見る。

「ごめんね、零ちゃん。わたしは笑里を憎んでる。あのキレイで純粋で、誰からも愛される笑里を憎んでるの。だってそうでしょう？　わたしたちは双子だった。同じように生まれて、同じように育ったのに、いつだって選ばれるのは笑里。笑里が隣にいなければ……何度そう思ったかわからない」

ダムが決壊したかのように、わたしは捲《まく》し立てた。

「あは、でも仕方ないよね？　笑里はキレイで愛想も良くて、いつだってキラキラしてたもの。ブスで意地っ張りで、石ころみたいなわたしを、誰が選ぶの？　わかってる、わかってるの！　選ばれないのはわたしの問題だって。笑里のせいなんかじゃないって！　でも！　それでも！　笑里がいなかったら、比較されることはなかった！　キラキラした『特別』が隣に立つっていう屈辱《くつじょく》、零ちゃんにはわかんないでしょう!?　笑里が選ばれるたび、わたしは貶《おとし》められていく気分だった！　ああ、そうか、零ちゃんも笑里を選んだんだから、選ばれなかった方の気持ちなんかわかるわけないよね？」

「愛理」

「石ころが宝石に敵《かな》いっこない！　そうでしょう!?　笑里は都合が良かっただろうね！　わたしみたいな比較対象がずっと傍にいるんだから！　ねぇ、これって、いけない感情？　笑里を憎むのは、いけない感情なの!?」

「愛理!!」

零ちゃんの手が上がったのが見えて、ぎゅっと瞼《まぶた》を閉じた。

殴られて当然のことを言った。酷い暴言だ。わたしだったら、もっと早くに殴っている。

だから覚悟して身構えたのに、いつまでたっても衝撃はやってこなかった。

「……いくら『兄』だからって、愛理を殴るのは許しませんよ、萩生田さん」

低い声が聞こえ、わたしは目を開けた。

零ちゃんの右手を掴《つか》んだ悠基が厳しい顔で立っていた。

「……ゆう、き……」

かろうじて出た声は、掠《かす》れていた。

――どうして、悠基がここに？

どこから、聞いていたのだろう？　どこまで、聞いていたのだろう？

サーッと血の気が引くのがわかった。

――悠基に、知られてしまった……？

悠基はわたしの顔をチラリと見た後、零ちゃんの手首を離した。

零ちゃんはすでに激昂《げっこう》から覚めたようで、秀麗《しゅうれい》な顔を苦渋《くじゅう》に歪《ゆが》めていた。

「――すみません。ありがとう」

うなだれてそう言った零ちゃんに、悠基は肩を竦《すく》めた。

「それは愛理に言ってください」

「愛理、ごめん」

零ちゃんがわたしに向き直って頭を下げたけれど、わたしは力なく首を振ることしかできなかった。

殴られて当たり前のことを言った。謝らなくてはならないのはわたしだ。

悠基と目が合った。

いつも、雄弁《ゆうべん》な黒い瞳からは、何の感情も窺《うかが》えなかった。

それが何を示すのか、わたしにはわからない。もしも、と思うと、悠基から目を逸らさずにはいられなかった。

「愛理」

悠基が名を呼んだ。わたしは滑稽《こっけい》なほどビクリと身を震わせて、悠基を見上げた。

「おいで」

悠基は手を差し伸べていた。

差し伸べて、くれていた。

＊　＊　＊

悠基はわたしの部屋に行くと、黙ったまま鍵を開けるように促《うなが》した。わたしはドアを開けて中に入った。わたしに続くように悠基がその身をドアの内側に滑り込ませると、バタンと鈍《にぶ》い音が室内に響いた。

沈黙が、痛い。

けれど言葉を発したら、悠基から終わりを告げられそうで、怖くて声が出なかった。

——もし、あの話を聞かれていたら。

わたしが、笑里を憎んでいること、そしてあの暴言を聞かれていたら、呆れられて当然だ。こんな人間と関わりたくないと思われて、当然だ。

「愛理、おいで」

ビクンとして顔を上げれば、悠基はベッドルームのドアの前でこちらを振り返っていた。

その顔には相変わらず、なんの感情も浮かんでいないけれど、声色から嫌悪は感じられなかった。

わたしはふらりと足を踏み出した。

いつの間にか日が落ちていて、この距離では彼の表情は窺《うかが》えない。ルームライトも点《つ》けず、薄闇の中わたしは悠基に手を引かれて、ベッドまで辿《たど》り着いた。悠基の手は大きく、温かい。

悠基はベッドにわたしを座らせると、跪《ひざまず》いてパンプスを脱がし始めた。

「えっ、待って。自分でやるから」

ベッドルームに連れてこられたことで、なんとなく抱かれるのかな、と思っていたが、まさかこんな風に靴を脱がされるなんて思っていなかったため、慌てて悠基を制した。

けれど悠基は「いいから」と言って、すでに脱がした右のパンプスを丁寧に床に置き、もう片方に取りかかった。

「オレがやりたいんだ」

よくわからないけれどそう言うのならば、と、わたしは彼の好きにさせた。

悠基はストッキング越しにわたしの足の甲に口付けると、ちょっと顔をしかめた。

「脱がせていい？」

わたしは戸惑いながらも頷《うなず》いた。

承諾を得た悠基は、すっとわたしのスカートの中に手を入れ、パンストのウエスト部分に指をかけ、「ちょっと腰を浮かせて」と注文をつけた。わたしが言う通りにすると、タイミング良く脱がせた。一切の愛撫《あいぶ》はなく、性的なニュアンスも皆無《かいむ》だった。まるで子供に着替えをさせるような感じ。

悠基は素足になったわたしの足をおもむろに手に取り、脛《すね》にキスをした。

「オレを君に」

それからわたしの膝に手をかけ、片足を曲げて立たせると、その内側にもキスを落とした。

「君を、オレに」

際どいところにキスをされたが、やっぱりいやらしさは感じられない。

悠基の意図が掴《つか》めず、拒めない。

——悠基は、あの話を聞いていたのだろうか？

その疑問がこびりついて離れない。でもこうしてキスをしてくれるということは、聞かれていなかったということ？

不安と疑問がグルグルと頭を巡って、落ち着かない。

「愛理」

悠基の低い声が、わたしの鼓膜を優しく震わせる。

薄闇の中、一際黒く光る悠基の瞳は微笑んでいた。

「愛してる」

告げられたその言葉に、わたしはいまだに応える術《すべ》がなかった。

情けない気持ちが膨れ上がって、わたしはブラウスの胸元をぎゅっと握りしめた。

わたしへの悠基の想いが痛い。

悠基に吐き出せないこの想いが苦しい。

「——……わ、たし」

あなたが、すき。

その一言が言えない、自分の卑怯《ひきょう》で弱い心が、苦しくて哀しくて、わたしは泣いた。

「——っふ、……う、ううっ……！」

ひしゃげたカエルのような声を上げて、ボロボロと涙を流した。

人前では泣かないと決めていたのに、堪《こら》え切れなかった。

悠基はいとも簡単にわたしを泣かせてしまうんだ。

「愛理」

優しい手がわたしの頬に触れ、涙を拭《ぬぐ》ってくれた。

続いて、キスが落とされる——額に、頬に、瞼《まぶた》に、鼻に、そして、唇に。その心地良さにうっとりとしながら、腕を伸ばして悠基に抱きついた。

「……ゆうき……」

「うん」

悠基はそう頷《うなず》くと、キスを深めた。

優しく、宥《なだ》めるようなキスだった。

なのに、わたしは怖かった。悠基が優しければ優しいほど、漠然とした不安に押し潰されそうになる。

「ゆうき……！」

縋《すが》るように名前を呼ぶと、悠基はキスをやめてあやすように抱きしめてくれた。

「大丈夫。君がどれほど自分を信じられなくても、オレが君を信じているから」

一度とまった涙が、また盛大に零れてきた。

——どうして。

どうして、こんなに無条件にわたしを肯定《こうてい》してくれるのだろう。

どうして、こんなわたしを好きでいてくれるんだろう。


悠基、悠基。

あなたがわたしを信じてくれるなら。

わたしは、きっと――


その日、泣き疲れて眠ってしまったわたしを、悠基はずっと腕の中に抱いていてくれた。

08　唇に、愛情。

「ごめん」

次の日、顔を合わせるなり、零ちゃんは頭を下げた。

須藤さんとの打ち合わせを終えて、一階のティールームにお茶に行こうとしていたところで、ロビーで鉢合わせたのだ。

零ちゃんはちょうどわたしを探していたらしく、わたしを見るとすぐに駆け寄ってきた。

「ついカッとなってしまったけど、あれは腹が立ったからじゃなくて、愛理があんな風にワザと自分を傷つけるようなことを言ってほしくなかったからなんだ」

そう気まずそうに説明してくれたけれど、わたしはもうとっくにわかっていた。

冷静になってみればわかる。あのとき、零ちゃんが笑里の文句を言うわたしを嫌悪したわけじゃないことくらい。零ちゃんは、わたしがわざと零ちゃんを怒らせるようなことを言ったんだって、ちゃんと気づいてくれていた。それで、あんな自虐的なことを言うわたしに、腹が立ったんだ。

わたしはあのとき、錯乱《さくらん》しかけていた。

『笑里を憎んでいる』と、初めて言葉にしてしまったから。

言葉は言霊《ことだま》だというけれど、本当だ。口にすると、まるで呪いのように自分自身をがんじがらめにする。

わたしはあのとき心のどこかで、今まで恐れ続けてきた悪夢の通りに、笑里を憎むことで、誰にも愛されず、誰も愛せない醜悪《しゅうあく》な人間になってしまえばいいと思っていた。

開き直ってしまえば、もう恐れることも苦しむこともなくなる。

その一歩を踏み出しかけていたわたしを、零ちゃんは止めたかったんだ。

「ううん。わたしの方こそ、ごめんなさい。……ありがとう、零ちゃん」

零ちゃんはくしゃりと顔を歪《ゆが》めて、両腕を大きく広げてハグしてきた。

「愛理……ごめんな、本当に。ありがとう」

「……零ちゃん」

ホーッという深い溜息を吐く零ちゃんからは後悔が滲《にじ》み出ていて、わたしは申し訳なくなった。

零ちゃんの背中を抱き返した瞬間、大きな声が聞こえた。

「零ちゃん！　何して……愛理……!?」

わたしたちは、弾《はじ》かれるように声のした方向を見た。

――この、声……

まさか。

「早かったんだな！」

零ちゃんが嬉しそうに言って、わたしから腕を離した。

わたしは凍《こお》りついたように動けなくなった。

――どうして。

どうして、ここに。

零ちゃんが満面の笑みで向かった先には、腰までの美しい黒髪をなびかせた、宝石のような美女――笑里が、立っていた。

＊　＊　＊

笑里は相変わらず美しかった。

芸能界に身を置いて、その美しさにさらに磨きがかかったようだ。白磁《はくじ》のような肌、絹《きぬ》のような黒髪、すらりとしたスタイル。

わたしは五年ぶりに見た双子の姉を前にして、茫然《ぼうぜん》と立ち尽くした。

――なぜ、笑里が、ここに。

思考がストップしてしまった頭の中では、その疑問だけがグルグルと巡る。青ざめたまま黙りこくっているわたしに、笑里は華やかな笑みを向けて言った。

「久しぶり、愛理！　本当に会いたかった！」

――会いたかった？

わたしは、会いたくなかった。

まだ、会いたくなかった。

キラキラと輝く笑里の『特別感』を見せつけられ、パンドラの箱が開きそうになる。

笑里がこちらへ近づいてくる。わたしは反射的に後退《あとず》さった。わたしの様子がおかしいことに気がついたらしい笑里は、立ち止まって怪訝《けげん》な顔をした。

「愛理？」

――来ないで。

口をついて出そうになった拒絶の言葉を、かろうじて呑み込んだ。

「……どう、して、ここに……？」

代わりに出てきたのは、そんな問いだった。

笑里はわたしの様子を訝《いぶか》しみながら、少し哀しそうに眉根を寄せて笑った。

「わたしも、この仕事に参加することになったの」

「……え!?」

この仕事、って……

「望月社長から直々に、このイベントのイメージモデルにって指名がかかって。急だったし、ちょっと難しい時期だったんだけど、愛理と零ちゃんと一緒に仕事できるなんて、こんな機会もうないと思ったから……聞いて、なかった？」

――誰から、なんて聞くのもバカバカしい。

悠基だ。

この様子では、零ちゃんも、知っていた。

――どうして。

わたしは、蔦《つた》が這《は》うように全身に倦怠感《けんたいかん》がまとわりつくのを感じた。

悠基は、どういうつもりで笑里をこの場に呼んだのか。

わたしが、笑里を恐れていることを知っていたくせに。

笑里と、零ちゃん。

わたしが恐れて逃げ続けてきたものを突きつけて、どうしたいというのか。

込み上げてきたのは、怒りだった。

――裏切られた。

真っ先に、そう感じた。

悠基が、直々に指名？　わたしに、なんの相談もなく？

けれど、悠基はこのイベントの企画者だ。仕事に使う人間を選ぶ権利がある。

わたしは何を勘違いしていた?

——やめなさい。

理性が歯止めをかけようとしたけれども、胸の中の真っ黒い感情はどんどん勢いを増す。

悠基は、笑里をこの仕事に呼んだ。

もし、悠基が本当に欲しかったのが、笑里だったとしたら?

多忙な笑里をこの仕事に呼ぶために、わたしを餌にしたの?

——そうしたら、全てのつじつまが合う。

悠基の呆れるほど強引な言動も、悠基のような男が、わたしみたいな石ころに執着する理由も。


ぱかり、と箱が開く音がした。鍵をかけて心の奥底に沈めたはずの、パンドラの箱。


『ホラ、言わんこっちゃない。どうして自分が特別だなんて思えたの?』

開いた箱の中から、クスクスと笑う声がする。

——うるさい。

『ちょっと優しくされたからって、自分が笑里のような特別になれるとでも?』

——うるさい!

『可哀想な愛理。また笑里のために利用されて』

——うるさい!!

『しょせん石ころは石ころ。宝石にはなれない』

――うるさいーー!!


「愛理?」

心配そうに呼びかける愛らしい声を聞き、わたしはゆっくりと意識を戻した。

美しい笑里。純粋で、汚れ一つない、真っ白なわたしの片割れ。

双子の妹にこんなにも憎まれているなんて、思いもせずに、わたしを案じている。

「なぜ、来たの?」

わたしの唇が動いて、そう言葉を発した。薄気味悪いほど平坦な声に、笑里の顔が強張った。

――ダメ!! やめて!!

心の声はそう叫ぶのに、現実のわたしは笑里に向かってうすら笑う。

ダメだ。ぶちまけてしまえば、もう取り戻せない。わたしが逃げ出したことでかろうじて保っていた均衡《きんこう》が、あっというまに崩れ去ってしまうだろう。

笑里の美しい顔が、今にも、泣き出しそうに歪《ゆが》んでいる。その哀しいいびつさに、胸がかきむしられた。

――痛い。心が、痛い。だれか、助けて。

「わ、たしは――」

自分の声だと思えないほど、わたしの声は掠《かす》れていた。声を出しているという自覚もなかった。

ぐちゃぐちゃな思考と感情を持て余し、すっかり途方に暮れてしまったわたしを、低い声が呼んだ。

「愛理」

艶《つや》のある声はどこまでも穏やかで、かつピンと張られた弦を弾《はじ》くようにわたしに響いた。わたしはビクリ、と一度身体を震わせて、それからノロノロと、声の主《あるじ》を探した。

――悠基。

悠基はいつもと同じだった。モデル顔負けの外見に、飄々《ひょうひょう》とした立ち振る舞い。相変わらずカリスマ的なオーラを漂わせて、わたしの方に歩いてくる。

――悠基だ。

わたしはそんな当たり前のことを思い浮かべて、笑里を遮《さえぎ》るように目の前に立った男を眺めた。

悠基はわたしの表情を少しだけ見て、ふっと吐き出すように笑った。

「あーあ。グーラグラだな、こりゃ」

どういう意味なのかわからなかったが、なんだかバカにされている気がしてムッとした。けれども悠基が両手でわたしの頬を包んでくれたので、腹立ちはどこかへ消えてしまった。温かい。手首に付けている悠基の香水がふわりと香った。

「こんなになるまで溜め込んじゃうのは、なんでかなぁ」

悠基はぼやくように呟《つぶや》く。わたしはふと、先程思い至った内容を思い出した。

『悠基は、笑里を手に入れるために、わたしを利用した』

さっきは胸が張り裂けんばかりの衝撃をもたらしたその考えは、今、実際に悠基を目の前にすると、まるで魔法みたいに霧散《むさん》した。

悠基の目はまっすぐにわたしだけを見ている。

悠基はいつだって取り繕《つくろ》ったりしなかった。ありのまま、わたしに接してくれていた。抱きしめて、たくさんのキスをたくさんの場所にくれた。キスも温もりも言葉も、悠基がくれたものは全部、わたしへの愛情だった。

——何より、悠基がわたしを信じてくれたから。

どうして一瞬でも、あんなにバカげた妄想に取りつかれたのだろう。目の前にいる悠基の手の温もりは、こんなにも優しくわたしを包み込んでくれているのに。

わたしを見つめる悠基の表情は、どこまでも柔らかい。彼は微笑をたたえて言った。

「どうして途中でやめた？　全部吐き出してしまえ」

わたしは驚愕《きょうがく》に目を瞠《みは》った。

——悠基は、知っていたんだ。

わたしが必死で押し込めてきた、箱の中身を。

醜《みにく》くて汚い、わたしの笑里への想いを。

そして、それをぶちまけろと言っている。

——どうして。

わたしの無言の問いに、悠基は微笑んだまま囁いた。

「そんなマズイもの、吐き出せばいい。スッキリするから。君が苦しむことで保たれる均衡《きんこう》なんか、クソ喰らえだ。吐き出せ、愛理。そのために、彼女を呼んだんだから」

――ああ、悠基はわたしのために、笑里を呼んだんだ。

わたしを、信じてくれているから。

悠基は、わたしを信じてくれている。

わたしが拘泥《こうでい》する醜《みにく》い自己から抜け出せるんだと、信じてくれているんだ。

「苦しむ……」

なぞるように呟《つぶや》けば、悠基は頰を包んでいた手の親指で、わたしの唇をそっと撫でた。

「苦しんだろう？　今までいっぱい。君を苦しめるものは、全部オレが壊してやる」

わたしは首を振った。

「できない」

「どうして」

「壊せば、わたしも壊れるもの」

そうだ。そんなことをすれば、わたしだって壊れてしまう。

笑里を壊せば、わたしも壊れる。

――だって、わたしは笑里を愛してるから。

ふいに腑《ふ》に落ち、わたしは震撼《しんかん》した。

そうだ。わたしは、笑里を愛しているんだ。

認めてしまえば、ただそれだけだったんだ。

わたしは、笑里を愛している。

だから、執着した。執着して、憎んだんだ。

――ダメ。壊すなんて、できっこない。

わたしは首を振り続けた。悠基はまた、ふっと笑った。

「大丈夫。もし愛理が壊れてしまっても、オレが最後のひとかけらまで拾い集めてあげるから」

目を瞬《しばたた》いた。

今までそんなふうに考えたことなどなかった。

「――『壊れてしまっても』？」

「そう。壊れてしまっても、全部拾って、また元に戻してあげる。だから、大丈夫」

元に戻す？　戻して、くれる？

わたしは、壊したら終わりだと思っていた。笑里を壊して、わたしを壊して、そしてそのまま
なんだと思っていた。わたしたちは壊れたまま、この先も生きていくんだって。

だから笑里との関係が完全に切れてしまうことが怖かった。

『いつか』

笑里を想うとき、いつも最後に浮かぶ言葉。

その後に続く言葉がわからなかった。

でも、今ならわかる。

『いつか、また昔みたいに』

笑里、あなたと笑い合いたい。

バカみたいなことで、泣いて笑って、好きなものを言い合って、交換して。

ものも思い出も、感情も共有していた。

――たぶん、もう全てを共有することなんてできないけれど。

だって、わたしたちは別々の人間だから。

笑里の隣に、零ちゃんがいるように。

わたしの隣には、悠基がいてくれるんだ。

わたしは頬を包む悠基の手に、自分の手を重ねた。悠基はちょっと眉を上げて、それからふわりと微笑んだ。

「出ておいで、そこから」

わたしの呪縛を解《と》いてくれると誓ってくれたときと同じ、胸が痛くなるほど優しい声。

わたしは悠基から視線を外して、その先にいる笑里を見つめた。

笑里は青白い顔をして、立ち尽くしている。

「笑里。わたしはあなたを憎んでた」

するりと言葉が出てきた。あんなにもひた隠しにしてきた想いが。

笑里は血の気の失せた顔のまま、それでも気丈に立っていた。笑里の後ろでは心配そうに零ちゃんが寄り添っていたけれど、決して支えようとはしなかった。

「同じように生まれて、同じように育って、同じ時間を生きてきたはずのあなたが、わたしの欲しいものを全部持っていってしまう。だから、ずっとずっと、あなたが憎かった。いなくなればいいとさえ思ってた。だから、そんな自分が怖くて、逃げたの」

笑里はわたしをじっと見つめていたけれど、やがて泣きそうに顔を歪《ゆが》めて、笑った。

「……うん。知ってた」

驚くべき事実のはずなのに、わたしは静かにそれを受け止めた。

「そっか。知ってたか」

「知ってるよ。わたしたち、双子だよ？」

笑里は少しだけ首を傾《かし》げて、ふふっと笑った。

「お互いのこと、言わなくてもなんでもわかっちゃったよね、わたしたち。……わたし、愛理が零ちゃんを好きだって、知ってた。零ちゃんを好きになった瞬間だってわかってた」

「……そう」

わたしもふふっと笑った。

そうか。わたしが笑里が零ちゃんを好きだと気づいていたのと同じように、笑里もまたわたしの恋心に気づいていたのか。でも考えてみれば当たり前だ。どうして今までその考えに至らなかったのか、不思議なくらい。

「だから、わたしも零ちゃんが好きだって、愛理に言わなかったの。言わなければ、愛理が諦めるってわかってたから」

「――」

笑里のその言葉にわたしは驚いた。

確かに笑里からもし『零ちゃんが好き』と告げられたら、わたしもまた自分もそうなのだと告げていただろう。そうしたら……

たぶん、わたしたちは二人とも零ちゃんを諦めるという選択をしていただろう。自分たちの絆《きずな》を、守るために。

「卑怯《ひきょう》だってわかってた。でも、零ちゃんを諦めたくなかった。でも、愛理を失うのも怖かった。だから、愛理が逃げるように出ていったとき、ホッとしたの。これで、愛理を永遠に失うことも、零ちゃんを諦める必要もなくなったんだって」

笑里の告白に、わたしは声が出なかった。

――同じ不安を、抱えていたの……？

『愛理を失いたくない』

笑里の言った不安は、わたしと全く同じものだった。

わたしは、笑里を憎んで壊して失う前に、逃げたんだ。

笑里を失いたくなくて。

笑里が笑った。自嘲《じちょう》めいた、乾いた笑い方だった。

「汚いよね。ホント、汚い……こんな卑怯《ひきょう》なわたし、愛理に憎まれて当然なんだって、ちゃんとわかってる。こんな卑怯《ひきょう》なわたしだから、零ちゃんがいつ離れていってもおかしくないって、ずっと不安だった。……でも、ね。わた……わたしは……！」

笑里の声が、途切れた。細い肩を震わせる笑里へと、わたしは一歩、足を踏み出した。

不思議な光景だった。

目の前で泣いているのは確かに笑里なのに、まるでそこに自分がいるかのようだ。

泣いているのは、わたし？

そんな風に混乱してしまうのは、やはりわたしたちが双子だからなのか。

やはり笑里はわたしよりも背が高く、さらに高いヒールを履いているので、顔を見るには見上げなくてはならない。

笑里の顔は、涙で化粧が崩れてぐちゃぐちゃだ。

それでも、やっぱり美しかった。

美しい笑里。こんなにも、わたしと違うのに。

「わたしも、同じこと考えてた」

そう言って笑えば、笑里はきょとんとした。

「――え？」

「わたしも、自分が汚くて、卑怯《ひきょう》だと思ってた。笑里を憎んで逃げ出すような自分が、たまらなく嫌いだった。こんな自分だから、もう誰とも恋なんかできないんだって、ずっと思ってきた」

「……あい、り……」

「不思議だよね。わたしたち、双子っていってても二卵性だし全然似てないし。それなのに、どうしてこんなにも一緒なんだろう？」

「ごめん……ごめんね、愛理……わたし……」

再びボロボロと涙を流し始めた笑里に、わたしは抱きついた。細い腰。でも、昔と何も変わらない。

「違う。謝ることなんてなんにもないんだよ、笑里。同じことを考えていたんだもの。笑里にだけ零ちゃんがいて、それが不安で怖かった、それだけだったんだよ」

そう言うと、笑里はますます泣きじゃくる。わたしはなんだかもう、困るを通り越して笑えてきてしまった。クスクス笑いが止まらない。

「わたしもね、ちゃんと見つけたから」

笑里が鼻を啜《すす》り上げて、ようやく顔を上げた。わたしは笑里のマスカラの落ちた目の下を親指で拭《ぬぐ》ってやりながら、後ろを振り返った。

腕を組んでこちらを見ていた悠基は、わたしと視線が合うとゆっくりと歩み寄ってきた。

わたしは笑里から身体を離すと、傍に来てくれた長身に身を寄せた。悠基はすぐさま腕を開いてわたしを受け止めてくれた。彼の温かい腕と、ふわりと鼻腔《びこう》をくすぐるグリーンノートに、わたしの中の何かが緩《ゆる》むのを感じた。

「やっと出てきたね」

悠基が囁いた。それはとても嬉しそうな声だった。

わたしは悠基の頬を包んで、言った。

「愛してる」


やっと言えた言葉に、胸がいっぱいになる。

驚いた悠基の顔が、涙で滲《にじ》んだ。

それが溢れてしまう前に、わたしは慌てて悠基の顔を引き寄せて、唇を近づけた。


——唇に乗せるのは、愛情。


あなたがくれた、たくさんの愛情と同じだけ。

これから、あなたに返していくから。

09　胸もとに、所有。

あの後、悠基はスタッフに笑里を紹介した。

皆、最初は驚いたものの、オーナーの決定した『汐騒館』のイメージモデルに納得したらしい。

笑里は自然にスタッフの中に溶け込んだ。

中でも高口さんは笑里の登場に一番喜んで歓迎していた。

どうやら、『エミリ』のファンだったらしく、わたしに対するときとはまるで違う態度で接するものだから、零ちゃんは憤慨《ふんがい》してしまった。わたしはといえば、不思議なことに、高口さんのそういった振る舞いはもう一切気にならなくなっていたので、肩を竦《すく》めただけだった。

わたしはわたしの仕事をするだけだ。

それに、笑里がイメージモデルになったことで、わたしのアクセサリーのイメージが具体的に固まった。

考えてみれば、笑里はこの汐騒館のイメージにピッタリだ。

西洋の艶《あで》やかさを取り入れつつ、日本独特の凛《りん》とした佇《たたず》まいを忘れない、和洋折衷の文化。怒涛《どとう》のような異国の文化を浴びながらも、流されるのではなく、自分たちの魅力を軸《じく》に、新しいものを取り入れた強《したた》かさ。それは、芸能界へ飛び込んで、荒波に揉まれながらも自分の魅力を最大限に活《い》かして今の地位を確立させた、笑里の強さと共通するものがある。

笑里のウエディングなんだから、当然新郎は零ちゃんだ。

まず考えたのは、エンゲージリング。

燻《いぶ》し加工を施したプラチナの土台を作り、大粒のトリリアントカットの煙水晶《スモーキークォーツ》をメインに、藤色の灰簾石《タンザナイト》、薔薇色の菱マンガン鉱《ロードクロサイト》をちりばめる。

イメージは、和魂洋才《わこんようさい》。

スモーキークォーツは落ち着いた色合いで、ややもすれば地味に見えがちなため、土台には金色を使うことが多いのだが、凛《りん》とした雰囲気を出すために、あえてプラチナを使った。燻《いぶ》し加工は柔らかさを出すためだ。

タンザナイトの藤色は文明開化の夜明けの色を、ロードクロサイトの薔薇色は文化が融合した明治時代のエネルギーを表現した。気品を損なわないよう、石の数は控えめに、けれどハッとするような配色になるよう、気を遣った。

イメージが固まると、作らずにはいられないのがクリエイターだろう。

わたしは数日間部屋にこもり、誰とも会わずにアクセサリー制作に没頭した。その間、悠基も部屋に入れなかったため、焦《じ》れた彼と何度もドアの前で押し問答になったけれど、わたしの鬼気迫る様子に渋々と帰っていった。

「その代わり、ちゃんとこれを食べるように！」

集中し出すと食事すら抜きがちなわたしに、食べやすいサンドイッチなどを押しつけていってくれたりする。

愛情を同じ分だけ返していこうと誓った矢先、こんな風じゃダメだなぁ、と反省しつつも、この仕事を成功させることが悠基への愛情の証だと思い直して、とにかく頑張った。

そうして三日間かかって、ようやく仕上がったアクセサリーを見た皆の反応は上々だった。

まず声を上げたのは須藤さんだった。

「いいじゃない！　上品なのに躍動的《やくどうてき》！　全体的なデザインはエレガントなのに、このピンクの石の野性味がいいアクセントになってるわ！　これ、アタシすっごい好きよ！　すごいキュート！」

オネエ言葉の賞賛に噴き出しそうになるのを堪《こら》えながら、わたしは内心ガッツポーズを決めた。

——やった!!

須藤さんに続いて、近松さんも右手で顎髭《あごひげ》を撫でながら、ウンウンと頷《うなず》いている。

「俺はアクセサリーに詳しいわけじゃないが、いいね、コレ。上品なハイカラさんってイメージだ。汐騒館のイメージにもドンピシャじゃないか？　いやぁ、さっすがプロだね、愛理ちゃん！　こうやって表現するんだな、アクセサリーデザイナーって！　ちょっとケーキのデザインにも似てるかもな」

二人が口火を切ってくれたことで、他のスタッフも感想を言ってくれた。

「素敵ですよ！　『白亜の貴婦人』にぴったりです！」

「魅せてくれますねぇ、古川さん。クリエイティブな仕事を見せて頂きました」

「すごいです！　私が欲しいくらい〜！」

次々にかけられる賞賛に交じらなかったのは、やはり高口さんだった。

もともと期待はしていなかったので、まぁそんなものか、と諦めていたのだけれど、その高口さんがわたしの背後を通り抜けざまに、「いいデザインだったわ」と一言言い捨てていったのには驚いた。

どうやら聞いていたらしい笑里と顔を見合わせて、大爆笑してしまった。

嬉しかった。自分の仕事をようやく認めてもらえたんだと思った。

わたしよりもわたしを信じてくれた悠基がいてくれたから、今こうして、笑里と笑い合っていられる。

＊　＊　＊

その日、別の仕事で一日外に出ていた悠基が、わたしの部屋のブザーを押した。

笑里と夕食を取った後、二人で部屋でダベっていたところだった。後で行くと言っていた雫ちゃんだと思って、わたしはすぐにドアの鍵を開けた。

「はいはーい。今開け……んんーっ!!」

ドアを開けるなりすごい勢いで引き寄せられ、気がつけばドアに背を押しつけられて唇を奪われていた。

いきなり唇をこじ入れられ、嵐のように蹂躙《じゅうりん》された。

「ん、ちょ……！　待って、んむぅうっ……!!」

抵抗しても、一切聞いてもらえない。

ピンポイントでわたしの性感帯をくすぐって、あっという間に骨抜きにされたわたしは、かくりと膝を折って襲撃犯に身を委《ゆだ》ねた。

そして悠基は、ぐにゃぐにゃになってしまったわたしの背中を支え、膝に手を差し入れて、お姫様抱っこをした。

「きゃー！　お姫様抱っこ！　生で初めて見たぁ！」

いきなり背後からかかった黄色い声に、悠基が驚愕《きょうがく》して「うわっ!!」と悲鳴を上げた。

「え、笑里ちゃん!?　いつからそこに!?」

「いつからって……初めから？」

「ちょ……！　言ってよ、いるなら！」

「言う暇もなく勝手に始めちゃったんじゃないですかー！」

珍しく悠基が言葉に詰まっている。

だから待ってって言ったのに……

わたしはお姫様抱っこをされたまま、額に手をやった。

「望月社長がこんなに余裕のない人だとは思わなかったなぁ」

笑里がニヤニヤ笑いながら茶化すと、悠基は開き直ったのか、ふん、と鼻を鳴らした。

「愛理相手に余裕なんかあるわけないだろう。やっと懐《なつ》いたかと思えば、いきなり引っ掻いて逃げ出すような仔猫だからな」

わたしは目を閉じた。じゃないと、この恥ずかしい台詞《セリフ》を吐いた男を殴ってしまいそうだ。いくらなんでも開き直り過ぎだろう。お願いだからやめてください本当に。

「うーわー……恋人を仔猫とか言っちゃう人、初めて見た……」

ドン引きしている笑里に、悠基はせせら笑った。

「あれ？　萩生田くん、君のこと『僕の白百合』って呼んでたよね？」

し、白百合……

ドン引きしたわたしは、閉じていた目を見開いて、笑里を見た。

「……なっ!! なんでそれをっ……!!」

笑里は顔を真っ赤にして、ものすごく動揺してしまう。

ああ、本当なのか、と思い、わたしはつい生暖かい目になってしまう。

お互い様だけど、零ちゃんのそんな部分を知りたくはなかった。

「この間、エレベーターの前で萩生田くんに囁かれてるのを聞いたんだよね」

「断固反対、盗み聞きっ！」

「聞きたくて聞いたんじゃないから。イヤならあんなところでおっ始《ぱじ》めるべきじゃない」

「それはこっちの台詞《セリフ》ですぅ!!」

この会話からわかるように、この二人はあまり仲が良くない。

どうやら反《そ》りが合わないらしい。犬猿の仲というほどではないけれど、もう少し仲良くしてくれればなぁと思ったりもする。

「とりあえず、オレはもう四日も愛理に触れてないんだ！ 邪魔しないで頂こう！」

「うわ、なにストレートに言っちゃってんですか、この色魔！ わたしだって、愛理がアクセサリー制作に打ち込んでる間は邪魔できないから、三日も我慢したんですよ！ やっと会えたのに、横入りしないでください！」

「オレは愛理の恋人で、君は姉でしかないだろう！ オレが優先だ！」

「ちょっとちょっとちょっとぉお!? 恋人なんかしょせん他人で、姉妹は血の繋がりがあるんですからねっ!!　わたしの方が優先に決まってるじゃないですかっ!!」

「うん。二人ともうるさい。黙ろうか」

わけのわからない争いになってきたので、わたしは大きな声で遮《さえぎ》った。お姫様抱っこされている状態では、なんとも恰好がつかないけど。

「悠基、下ろして」

「イヤだ」

「愛理が嫌がってるでしょう！　下ろしなさいよ！」

またもや言い争いが始まりそうになって頭を抱えたとき、再びブザーが鳴った。

悠基はわたしを抱えたまま、器用にドアのロックを解除して訪問者を迎え入れた。

「静かにしなさい。ドアの外まで声が聞こえたよ」

眉をひそめて入ってきたのは零ちゃんだった。やっと話のわかる人が来てくれた、と安堵《あんど》した途端、悠基が喜々として言った。

「よく来てくれた、萩生田くん！　今すぐ君の婚約者を連れて、ラウンジに酒でも飲みに行ってくれ！　ツケはオレに回していいから！」

零ちゃんは無類の酒好きだったりする。おまけにザルなので、どれだけ飲んでも酔わないのだ。

パッと顔を輝かせた零ちゃんは、それでも一応遠慮して見せる。

「ええ？　イヤイヤ。そんな、悪いですよ」

「気にしなくてもいい！　いいとも！　さあ行きたまえ！　ぜひとも！」

「そうですか。じゃあ、お言葉に甘えて」

「零ちゃん！　言いくるめられないで！」

「うん、イイ子だね、笑里。さぁおいで」

上機嫌になった零ちゃんは、プンプンしている笑里を宥《なだ》めて、さり気なく腰を抱いて部屋を出ていってしまった。

思惑通りになった悠基は、満面の笑みをたたえて、いそいそとベッドルームにわたしを運ぶ。

悠基が訴えていた通り、我慢をさせていた自覚があるだけに、文句は言えなかった。

「知らないからね。零ちゃん、ザルなんだから。ラウンジのお酒、飲み干しちゃうかもよ」

代わりにそう言ってやれば、悠基はフンと鼻を鳴らした。

「いいさ。愛理を独占できるなら、それくらい」

金持ちめ。

同じようにフン、と鼻を鳴らしてやったら、ドサリとベッドに落とされた。ベッドのスプリングは柔らかく、もちろん怪我をすることなんかないのだけど、いつにない乱暴な仕草にちょっとビックリした。

身を起こす間もなく、ベッドをギシリと軋《きし》ませて、悠基がのしかかってきた。

振り仰いだ悠基の瞳は、ギラギラとした欲望に濡れていて、想像以上に彼が切羽詰まっていたのだと気づいた。

「さて、愛理。この四日間、よくもお預けを喰らわせてくれたね」

「ご……ごめんなさい……？」

とりあえずへらりと笑って謝ってみたけれど、悠基の嘲笑《ちょうしょう》に一蹴《いっしゅう》された。

「飢《う》え切って死にそうなんだよね、オレ。ただでさえ、愛理に逃げられたくなくて手加減してた上、想いが通じた直後からお預けを喰らうなんて、ホント拷問《ごうもん》過ぎる。お預けの分まで、がっつり食わせて頂きましょうか」

が……がっつりとか……！　しかも、手加減してくれてたのかアレで!!

わたしは恐怖におののいた。

「な、何事も腹八分目が……」

「ん？　何それ？」

にっこりとそう返されて、わたしは笑い顔を固めたまま絶望した。

悠基はわたしを跨《また》いだまま、ネクタイをシュルリと緩《ゆる》めた。

ネクタイを外し、ジャケットを脱いで着々と準備を始める悠基に、わたしはあわあわするしかなかった。何しろ、下半身をガッチリと押さえられて、動きようがないのだ。

悠基はシャツのボタンを外しながら、クスリと笑った。

「とりあえず、あの言葉をもう一回」

顔を寄せられて、オデコとオデコがくっついた。

近過ぎる悠基の黒い瞳の中には、上気しているわたしの顔が映っている。

「言って、愛理。もう一度」

悠基の甘い懇願《こんがん》に、わたしは顎《あご》を上げて、その形の良い唇にキスをした。

「愛してる」

唇を離してそう言えば、悠基の目が細くなって、切なそうに甘く蕩《とろ》けた。

「……オレも。愛してる、愛理」

＊　＊　＊

悠基がわたしの服を脱がしながら、身体のあちこちにキスを降らせていく。悠基はすでに全裸になっていて、目のやり場に困る。

上品なグリーンノートと、肌の匂い。

悠基の体温。――わたしよりもわずかに高い。

悠基の心臓は、ドクドクドクドクと規則的に力強いリズムを刻んでいる。

――ああ、どうしよう。どうしようもなく、愛しい。

五感で悠基を感じていると、悠基がわたしの身体を覆《おお》っていた最後の布を抜き取った。

同じように生まれたままの姿になって、ベッドの上に横たわるわたしを、悠基はうっとりとした様子で見下ろしていた。

「……キレイだ」

しみじみとそんなことを言うから、わたしはどうにも恥ずかしくなったが、この期《ご》に及んで身体を隠すほどカマトトぶる女子力は持ち合わせていない。

なので、挑むように悠基に視線をやった。

しなやかでたくましい胸や腕。キレイに盛り上がった肩の筋肉や、脇から腹にかけての引き締まった肉体は、美しかった。

「悠基の方こそ、キレイだよ」

ポツリとそう言うと、悠基はふっと笑った。

そのまま何も言わずに、わたしの身体にそっと両手を這《は》わせていく。熱く大きな掌《てのひら》で、頭のてっぺんから、耳、頬、首、肩と降りていき、脇を滑って胸の膨らみを寄せるように持ち上げた。むに、と形を変えられ、中央の蕾《つぼみ》が突き出た。

「柔らかいな」

悠基は短く言うと、その蕾《つぼみ》を口に含んだ。

「ん！」

熱い口内を乳首で感じて、わたしは鼻にかかった声を上げた。

悠基はわたしの突起をちゅうちゅうと吸ったり、舌でチロチロといたぶったりしていたが、充分に立ち上がって赤く色づいたのを確認すると、もう片方に移った。解放された一方の蕾《つぼみ》は、今度は指でくりくりとこねくり回される。

「ふ、ぁっ……ん、んんっ……ひんっ……」

同時に弄《いじ》られると、身体の中心を通る神経が掻き鳴らされる。

弄《いじ》られて過敏になった蕾《つぼみ》は、熱を持ってジンジンと痛いほどだ。

悠基はまたもう片方の蕾《つぼみ》に戻って舐め上げる一方で、右手をわたしの下肢へと伸ばした。

長い指が性器の入り口を撫でた。小さな真珠を柔らかく掠《かす》める動きに、腰が知らず知らずのうちに浮いた。

悠基がわたしの胸に顔を埋《うず》めたまま、喉を鳴らした。

「く……ほんっと、愛理はエロいよね」

「……エロ、く、ないっ……」

「エロいでしょ。こんなに自分から物欲しげに腰揺らしてるくせに……ホぉラ、中も、もうとろっとろ」

にゅちり、と音を立てて指が入ってきた。ただ入ってきただけだったそれは、中で何かを探すように動き始める。異物がわたしの中で蠢《うごめ》く感覚は、何度経験してもやはり慣れない。快感が生まれ始めるまで、いつも少し時間のかかるわたしは、唇を噛んでその時間を待った。

悠基はそれをわかっているのか、わたしの胸の蕾《つぼみ》を甘噛みし、下肢を弄《いじ》る手の親指の付け根で、敏感な真珠を擦《こす》り上げた。

性感帯を同時に責められて、わたしはあられもない声を上げる。

「ひ、ぁあっ」

「ふふ……キモチイイねぇ、愛理」

ご機嫌な猛獣にいたぶられている気分だ。

鼻歌でも歌い出しそうな様子で、悠基がわたしの身体を慣らしていく。

悠基の指が、舌が、唇が動くたび、熱い吐息と髪が肌を弄《いじ》るたび、わたしはオモチャのように、ひんひんと啼《な》いた。

「あっつ……だいぶ、溶けてきたね。中、グニグニ動いてるよ。気づいてる？」

わたしは荒い息でその質問を黙殺する。

——気づいてるかって？

気づいてるに決まってる。自分の身体なのだ。

溜まった熱が血流にのって、わたしの中がマグマのように沸き立つ。

わかってるくせに、わざとそんな質問をして。

「愛理？　顔見せてよ」

黙ったままのわたしに、悠基が嬉しそうに顔を覗《のぞ》き込んできた。睨《にら》みつけると、さらに嬉しそうに笑った。なんでだ。

「その顔、煽《あお》るだけだよ、可愛過ぎ」

意味がわからない、と言おうとしたら口を塞《ふさ》がれた。

れろ、とわたしの歯列をなぞる熱い舌を、口を開いて素直に受け入れる。悠基は丁寧にわたしの口内を舐《ねぶ》っていく。優しく、全部を味わうように。粘膜を溶かされるような感覚に、またわたしの息が上がっていく。

悠基は口内を侵し尽くした後、その標的を耳に変える。

ビチャ、と大きな音が脳内に響き渡り、わたしはビクンと背筋を反《そ》らせた。ゾクゾクとした震えは下腹部に熱を生む。

「相変わらず、耳が弱いね」

悠基のバリトンは、甘い痺《しび》れをダイレクトに与えてくる。

わたしの心臓は、悠基の繰り出す刺激に翻弄《ほんろう》されて、もうむちゃくちゃなリズムを叩いている。

「カワイイなぁ、愛理。ホントに、カワイイ……」

触られるたびにビクビクと反応してしまうわたしに、悠基が溜息を吐くみたいに言うから……ちょっと、女のプライドを刺激された。

わたしはのしかかっている悠基を、えいっと脇にどかせて、腹筋を使って起き上がった。ふいを突かれたらしい悠基は思ったよりもあっさりと横に転がり、わたしは彼の足の間に自分の身体を置いた。

目の前には、隆々《りゅうりゅう》と立ち上がっている悠基の怒張《どちょう》がある。

――……でか……

思えばこうしてまともに見るのは初めてだ。少々怯《ひる》んでしまうほど、立派なものをお持ちだ。

「愛理？」

戸惑ったような悠基の声に気分を良くしながら、わたしはおもむろにその付け根を握った。

「――っ」

悠基が息を詰めた。

わたしはさらに気分を良くして身を屈めた。

手の中のものは、熱くて硬くて、まるでそれだけで一つの生き物のようにドクドクと脈打っている。大きく膨れ上がった亀頭の先端に、キスをした。

悠基の喉が鳴ったのがわかった。

舌を出してクビレの部分をぐるりと舐めると、悠基の腹筋が強張った。

――面白い。

フェラチオはそんなに好きな行為ではなく、以前はしてほしいと言われればやる程度だったけれど、悠基のこんな様子を見られるのなら悪くないと思った。

舌先を尖《とが》らせて鈴口に捻じ込むと、少し塩辛い味がした。

「は……」

悠基の吐息が妙に色っぽくて、ぞくりとした。ヤバい。妙な扉が開きそうだ。

そのまま、一気に咥《くわ》え込んでみた。両唇をできるだけすぼめて、力を込める。舌先を尖《とが》らせたまま、裏筋をなぞる。精一杯口の奥に入れてみたけれど、根元までは収まり切らなかった。これ以上奥まで咥《くわ》えるとえずいてしまう。仕方がないので口に入るまでのところで、頭を上下に動かす。自然と悠基のものがわたしの唾液でぐちゃぐちゃになっていく。

ずちゃ、ぐちゅ、という卑猥《ひわい》な水音の合間に、悠基の熱い呼吸音が交じる。

悠基の手がわたしの頭に乗った。

「……愛理、そのまま、こっち見て」

少し掠《かす》れた声で言われ、わたしはそれを頬張ったまま、悠基を見上げた。

悠基の顔は上気していて、切なげに細められたブラックスピネルの瞳が潤んでいる。やや赤い唇は濡れて光り、わずかに開いた両唇の間から赤い舌が覗《のぞ》いている。

心臓がドクンと鳴った。

――ヤバい、なんなのその色気……

男の色気、というものなんだろうか。妖しく魅惑的な表情をしている。

悠基はわたしと目が合うと、ふっと苦笑し、わたしの額の髪をかき上げた。

「……ヤバい、エロ過ぎ、愛理……」

それはこっちの台詞《セリフ》だと言いたい。

「口から出して、外、舐めて？　オレを見たままで」

息を荒らげながらのおねだりが、なんだか可愛く思えてしまう。

わたしが言う通りにすれば、悠基は目を細めてまた「エッロ……」と言った。

「エロくない方がいい？」

あまりに連発されるので訊《たず》ねてみると、悠基はパッと目を見開いた。

「そんなわけないだろ！」

どっちなんだ。

「ただし、オレにだけ。絶対に、他の男にそんな顔見せないで」

その台詞《セリフ》にわたしは呆れ返った。

「この状況で、どうしてそういうこと言うの……」

悠基のものから口を離してそう言うと、悠基はムッとした顔つきをした。

そして彼はチッと舌打ちをして、わたしの肩を掴《つか》んで後ろに倒した。

仰向けにされたわたしは再び悠基にのしかかられて、キスで唇を塞《ふさ》がれた。れろ、と熱い舌で歯列をなぞろうとするので、わたしは自分から舌を出して彼のそれと絡めた。粘膜を溶かされているような感覚に陥《おちい》り、落ち着いていたわたしの息が再び上がる。

悠基は口内を侵し尽くした後、唇を離してカジ、とわたしの顎《あご》に噛みついた。

痛いというほどの強さではなかったので、わたしは目を見開いて「何？」と訊いた。

悠基はブスくれた顔をしていた。

「オレは嫉妬《しっと》深い性質《タチ》なんだ」

「……はぁ」

今までの彼の言動から言われなくてもわかっていたので、そんな間抜けな相槌《あいづち》になってしまった。

すると悠基はさらにムッとし、ガブガブとわたしの首やら鎖骨やらに噛みつきだした。

「ちょ、ぃた、……も、やめっ」

「オレ以外の男に教わったのかと思うと、ホント、腹が立つ」

――ああ、なるほど。

悠基の腹立ちの理由に見当がついて、わたしは抗《あらが》うのをやめた。

「悦《よろこ》んでもらおうと思ったんだけど」

「気持ち良かったさ、もちろん!! 正直上手いです愛理さんチクショウ! でもそれとこれとは別なんだよ!」

「ええええ……」

なんて勝手な言い草だ。

要するに、悠基はわたしの口淫が上手かったのがお気に召さなかったらしい。気持ち良かったくせに、それを教えたのが自分じゃないから腹が立つとか、ワガママすぎる。

「下手くそなフリでもすれば良かったでしょうか」

「それはそれで腹が立つからダメ……」

「どっちなんですか」

「……わかってる……」

悠基が体重をかけてのしかかってきた。重い。

「どうしてオレは愛理の幼馴染《おさななじ》みに生まれなかったんだろう。そしたら全部オレが仕込めたのに……!!」

「イヤ仕込むって」

露骨《ろこつ》すぎるでしょう。

わたしの胸に顔を埋《うず》めたまま、悠基が呻《うめ》くので、笑ってしまった。

悠基が、幼馴染《おさななじ》みだったら？

零ちゃんと、悠基と、笑里とわたしと。

最初から悠基が傍にいてくれたなら、わたしはこんなにひねくれなかっただろうか？

笑里と二人だけの、安全な卵の中から出てきたわたしの手を、悠基は握ってくれただろうか？

ふふ、とわたしは笑った。

それを想像するのはとても楽しそうだ。

けれどもそれは現実ではない。夢想するだけなら、もう何年もやってきた。


『わたしが笑里だったら――』


でももう、そんなもの必要ない。

「わたしは、今のままの悠基がすきよ」

悠基の髪を撫でながらそう囁くと、悠基はいきなり顔を埋《うず》めている胸元に吸いついた。

「……いたっ！」

「……所有印、ってね」

ふん、となぜか偉そうに顎《あご》を上げて悠基が言った。

吸われた場所を見ると、案の定、大きなキスマークが残されていた。

――所有印。

バカだなぁ、と思う。だってこんなもの、ただの鬱血《うっけつ》だ。恐らく四、五日すれば跡形もなく消えてしまう。そんなもので、所有した気になるなんて。

でも、そんな子供のような独占欲を、うれしいと思える自分もいた。

いつか誰かのものになるのだとすれば。

「わたしは、あなたがいい。悠基」

腕を伸ばして悠基の首に絡め、引き寄せた。

素肌と素肌が密着する。わたしよりも少し高い体温と、悠基の匂い。

たぶん、悠基も同じ感覚を覚えているはず。

悠基よりも少し低い体温と、わたしの匂い。

けれど、密着すれば数秒で、体温も匂いも混じり合って、どっちがどっちのものかわからなくなる。

この感覚を分かち合う相手は、あなたがいい。

「もっと近くにきて、悠基。もっともっと、近くなりたい」

形のいい頭を掻き抱きながらそう囁くと、悠基が「クソッ」と悪態《あくたい》を吐いた。

「ほんっと、セックスになると豹変《ひょうへん》するとか、愛理は……！」

悠基は不満そうにぼやくと、身を起こしてわたしの両膝の内側に手をかけて足を立てた。大きく足を開く体勢になり、さすがにちょっと慌てた。

「ゆうき……！」

上半身を起こそうとしたけれど、悠基がわたしの左足首を高く持ち上げたので、身体の硬いわたしは、その反動で再びシーツに背中をつけることになった。

悠基は右手に持ったわたしの踝《くるぶし》をベロリと舐め、ニタリと笑った。

背筋が凍《こお》る。

――う、わ。

それは獰猛《どうもう》な、肉食獣の笑みだった。

「エロい仔猫ちゃんには、誰がご主人様か、ちゃんと教えてあげないとね」

悠基はわたしの膝裏を隈《くま》なく舐め上げ、さらに内腿に進んだ。大腿に幾度も吸いつかれ、わたしはひくんひくんと腰を揺らして啼《な》いた。啄《ついば》まれるたびにそこに赤い花が咲いているのだと、見なくてもわかった。

悠基が印をつけていくたびに、ぞく、ぞく、と震えが走る。

悠基の唇がどんどん上に向かう。目的地を理解しているから、わたしの呼吸はどんどんと浅く速くなっていく。

悠基の指が先にそこに到達し、秘裂を左右に開いた。悠基が嬉しそうに喉の奥で笑う。

「もうトロットロだな、溢れてる」

「ぁっ……!!」

「すごく美味そう」

わたしが何か言うより早く、悠基がじゅっと卑猥《ひわい》な音を立ててそこにむしゃぶりついた。

「――んっ、ぁっ!!」

悠基はわたしの奥から出る体液を啜《すす》り上げながら、舌で粘膜の隅々まで舐め回す。突き出された舌は蠕動《ぜんどう》する内側にまで入り込むけれど、わたしの欲しい場所にまでは届かない。

むず痒《がゆ》い欲求に突き動かされて、わたしが「もっとぉ」とあられもなく懇願《こんがん》すると、悠基は長い指を入れて、中を擦《こす》った。

「ぁ、ぁあ、はぁっ、き、もち、……ぁん」

悠基の指は中を行き来したかと思えば、前後に動いて解《ほぐ》そうとしたり、襞《ひだ》を探るように擦《こす》ったりと、わたしの中を忙しく動き回る。粘液が掻き回される淫靡《いんび》な音。何より、悠基の熱くて少し荒い息を肌に感じると、わたしの中の欲望がどんどんと煽《あお》られていく。

指が二本に増やされ、圧迫感が強まる。指をバラバラに動かしたり、中を広げようと柔らかく押し広げたりして、着々と準備が整っていく。

早く――

「ぁあ、ん、もぅ、ねぇ、ほしぃ……っ」

欲しがる身体を持て余して、わたしは悠基の髪に手を突っ込んでかき乱しながら哀願《あいがん》する。けれど悠基はくつくつと笑うばかりで、一向に聞き入れてくれない。

「まだ、だぁめ」

「そ、んなぁっ……ひぁん、あっ」

ぐちゅん、と音を立てて中をぐるりを掻き回され、わたしは小さく悲鳴を上げた。

ああ、もう……！

悠基は絶対にわかってやっている。攻めるくせに肝心なところは掠《かす》めるだけだったり、わざとタイミングを外している。

「やっ、もっ……焦《じ》らさない、でぇ……」

訴えても、快楽に溶けた声ではただの啼《な》き声だ。

「かぁわいい声。そうだなぁ、イイ声で啼《な》けたから、一回ご褒美あげておこうかな」

悠基は楽しそうにそう言って、これまでの愛撫《あいぶ》ですっかり膨れ上がっていた陰核を舌で転がした。

「ひぁあ」

わたしは背を反《そ》らした。突然快楽のスイッチを弄《いじ》られ、全身にビリビリとした悦《よろこ》びが走っていくのを感じた。

悠基の指が、陰核の包皮を剥《む》いた。

「――ひ」

ビクリ、とわたしの腰が震える。

「この方がスキだよね、愛理」

面白がるような声で悠基が言い、剥《む》き出しになったそれを口に入れ、舌先でいたぶった。

「ひぁああっ」

――スパーク。

目の前に白い火花が散って、わたしは飛んだ。

ビクンビクン、と四肢が痙攣《けいれん》し、それからゆっくりと弛緩《しかん》していった。

一気に重たくなった身体に引きずられるように瞼《まぶた》を閉じれば、悠基に鼻をつままれた。

「コラコラ。まだ寝てもらっちゃ困るんですよ、お姫さま」

両膝を抱えられたかと思うと、いきなり貫《つらぬ》かれた。

「――っ、ぁっ……」

息を呑むことしかできなかった。

圧倒的な質量。それは待ち望んでいたはずのものだったが、達したばかりの身体には、刺激が強過ぎた。

当然、霞《かす》みがかっていた意識は強引に覚醒《かくせい》させられ、目を見開いて、のしかかる男の顔を凝視した。

すると少し苦しげに目を細めて、息を荒らげて、黒い瞳に恍惚《こうこつ》を宿《やど》らせて――悠基は笑っていた。

「――っは……愛、理……中、熱いな……」

途切れがちな声は、ひどく掠《かす》れている。そのハスキーな声に、わたしの下腹部がずくんと疼《うず》き、呑み込んでいる悠基をより奥へと導くようにうねり上げるのが、自分でもわかった。

「うぁ……っ、愛理っ」

悠基の首から肩にかけての筋肉が強張った。

何かを堪《こら》えるように、わたしの顔の横のシーツをぎゅっと握り締め、悠基がごくりと喉を鳴らす。

悠基がそのまましばらく動かなかったので、わたしも快感を逃すようにして耐えた。

お互い、ギリギリの線上にいるのがわかる。

「……はぁっ、つぶね……、持っていかれるところだった」

悠基が苦々しげに呟《つぶや》き、わたしをぎゅっと抱きしめた。

その重みと体温が愛しくて、わたしは思わず、ちょうどそばにあった悠基の耳を舐めた。

「っ！」

悠基が大袈裟なほど肩を震わせて、パッと身を起こしたので、わたしは驚いてきょとんとした。

「耳、キライだった？」

「――っ、あああああもぉっ！」

悠基は獣のように咆哮《ほうこう》すると、腰を大きく揺らした。

「あぁんっ」

唐突に中を抉《えぐ》られ、わたしが喘《あえ》げば、悠基は苛立たしそうにそのスピードを速めた。

「こっちもギリギリなんだよ、愛理」

「あ、ぁ、ああっ、ひあん、ぅあ、あ」

抽送《ちゅうそう》が激しくなり、ギシギシとベッドのスプリングが軋《きし》む。

悠基の硬い怒張《どちょう》はわたしの最奥を抉《えぐ》り、鈍《にぶ》い痛みを与えながら、少しずつその痛みを快楽へと変えていく。

「人の、必死の我慢も知らないで、この仔猫ちゃんは、オイタっ、ばっかり……」

「ひぃあぁっ」

悠基が大きなストロークで突き上げ出した。じゅくっ、と激しい水音がわたしの身体から聞こえて、骨が軋《きし》むほど強く深く、最奥を抉《えぐ》られた。

重く鈍い痛みが、完全に快楽に変わった。

おかしい、わたし。

身体が、まるで言うことをきかない。

悠基の触れる場所、与える刺激、全部に、感じてしまう。

悠基がかすかに笑った。

「……は、中がうねってる。すごい、気持ち、イ……」

行為は酷く荒々しいのに、声は優しくて甘く、わたしの鼓膜を揺らす。

悠基はいつだってそうだ。強引かと思えば、優しく、ハチミツみたいな甘さでわたしを絡め取ってしまう。

溺《おぼ》れそう——違う、もう、完全に溺《おぼ》れてる。

「わかる？　愛理。君の中に、オレが埋まってる。愛理の中、気持ちいいよ。熱くてキツくて、溶かされそう……っ」

悠基は荒い呼吸の合間に、うわ言のようにわたしに囁きかける。その熱い呼気の刺激でわたしの身体がぶるりとわななかいて、悠基を呑み込んでいる筒が収縮した。

頭の中がちかちかしている。皮膚が、粘膜が、身体中の細胞という細胞が、大騒ぎしている——もうすぐ……もう、すぐ!!

「う、……っ愛理、そんな、締め、たら……っ」

ひゅう、と悠基が音を立てて息を呑んだ。ぴたりと律動を止め、全身の筋肉を強張らせる。わたしは、欲求不満に頭を左右に振って泣き喚《わめ》いた。

「いやだぁっ！　やめないでっ、おね、ゆうき、ほしいの！　もっと……もっとぉ!!」

「……っ、クソっ!!　もうその声、クるんだって！」

悠基が振り絞るような声で叫び、止めた腰を鞭《むち》のようにしならせた。再び激しい抽送《ちゅうそう》が始まり、わたしは一度は引きかけた白い波に浸かっていく。

甘い甘い、快楽の波。羊水《ようすい》にたゆたっているみたいだ。

最奥を穿《うが》たれているはずなのに、わたしの身体はまだ奥に、もっと奥にと悠基を誘うように収縮する。

「ハッ……なんだ、コレ……、も、ヤバいっ」

悠基が重く鋭い一突きで、わたしの中心を貫《つらぬ》いたとき、わたしを包んでいた白い快楽が、一気に削《そ》ぎ落とされた。

一瞬の浮遊感。

「やぁっ！　ゆうき！　ゆうきぃ……っ!!」

その先にあるものへの恐怖に、わたしは泣きながら悠基を呼んだ。

悠基はすぐさまわたしを抱きしめてくれた。熱く硬い、悠基の身体。その熱を感じてわたしは恐怖が和らぐのを感じた。

「……っ、いい子だ、愛理。大丈夫、一緒に、いこう」

必死に何かを堪《こら》え、絞り出されたその声は、とてつもなく無防備だった。

――ああ、一緒に堕《お》ちていきたい。

全部委《ゆだ》ねていいんだと思った。

全部、受け止められている。

全部、受け止めたい。

そこに辿《たど》り着いたとき、わたしは精神と肉体の全てを解放していた。

「……っ!!」

到達したところが深過ぎて、悲鳴すらあげられなかった。

骨が軋《きし》むほどの快楽に、四肢を引き攣《つ》らせ、ビクンビクンと痙攣《けいれん》するわたしを、悠基が掻き抱く。

「……ッ、あい、りっ……!!」

縋《すが》るような声でわたしの名を呼んで、悠基がわたしの内側で爆《は》ぜた。

10　手の甲に、敬愛。

ひと月後、汐騒館のウエディング・イベントが無事開催された。

それは本当に、夢のようなウエディングだった。

式が行われたのは汐騒館の敷地内にある、小さいけれど気品あるチャペル。

花嫁役は、イメージモデルである笑里だ。

零ちゃんの生《い》けた白百合をメインにした花々は、華やかでありながら高貴で、会場を厳《おごそ》かな美で彩っている。

零ちゃんの作品は、意外なことに笑里をイメージしたものではないのだという。

「白百合は『汐騒館』のイメージだよ。僕の中の笑里のイメージは、もっと可愛らしくて茶目っ気がある。『白亜の貴婦人』というのとは、ちょっとズレてるからね。もっとも、それは僕だけに見せる顔なのかもしれないけどね」

そう盛大にノロけて見せた零ちゃんに、わたしは笑っていいのか呆れていいのかわからなかった。でも、なんだかわかる気がする。だってわたしは、零ちゃんにも笑里にも見せられなかった顔を、悠基には見せている。ありのままのわたしを受け止めてくれるから。

式の後には、汐騒館の大広間での披露宴が控えている。

高口さんが試行錯誤を繰り返したテーブルセッティングは絶妙だった。零ちゃんのコーディネイトした花々や、キャンドルが飾られている。こうした仕事を見ると、やはり彼女は腕のいいウエディング・プランナーなんだと痛感した。

ちなみにわたしと高口さんの関係は、彼女がわたしの作品を見て以来、深刻な状況に至ることはなかった。もちろん良好とも言い難いものではあったけれど、少なくともわたしの仕事の妨《さまた》げになるようなことはしなくなった。

新郎新婦の隣には、近松さんの作ったオブジェのような飴細工が置かれていた。その作品は、絢《けん》爛《らん》で荘厳《そうごん》。黄金色の飴細工には、金箔と銀のパウダーで白波の模様が描かれていて、周囲にはチョコレートで作られた色とりどりの薔薇の花が置かれていた。

さっき厨房でコッソリ見せてもらったウエディングケーキは、もう芸術だった。スクエアのデコレーションケーキには一切の色がない。真っ白だ。生クリームとマジパンで幾何学模様を描いたそのケーキは、息を呑むような代物だった。

「これがオレの『白亜の貴婦人』だ」

近松さんは、相変わらずニヒルな口調で笑った。

笑里と雫ちゃんはまだ見ていないはずだから、きっと驚くだろう。

須藤さんのデザインしたウエディングドレスはベアトップのAライン。上部には繊細なアンティークレースがぬい込まれていた。ウエスト部分にはサテンの生地が輝き、流れるようなスカートのラインには、ゴージャスな銀糸の刺繍《ししゅう》が施されていた。シャンタンに丁寧に縫いこまれたそれは熟練の技が垣間見える極上品。

美しい鎖骨と細いウエストが強調されたデザインで、笑里にすごく似合っていた。

絹《きぬ》のような黒髪を高く結い上げ、まとうのはシンプルなロングベールのみ。わたしはティアラをあえて作らなかった。黒髪だけで十分に美しいと思ったから。

代わりに作ったのは、ゴージャスなネックレスだ。

スクエアカットのスモーキークオーツをメインに、藤色のタンザナイトとピンクのロードクロサイトをあしらった、『白亜の貴婦人』のネックレス。

もちろん、左の薬指にはお揃いのリングがはまっている。

わたしのデザインしたアクセサリーを身に着け、須藤さん渾身《こんしん》の作であるドレスを身にまとった笑里は、本当に夢のようにキレイだった。

まさに、『白亜の貴婦人』。

笑里はその美貌《びぼう》に、満面の笑みを浮かべて、大勢のカメラマンに向かって手を振っている。

その隣に立っているのは、タキシード姿の零ちゃん。

そう。零ちゃんと笑里は、このイベントで本当に挙式をするというサプライズを起こしたのだ。

人気絶頂のタレント『エミリ』と、魅惑の華道家・萩生田零士との電撃結婚に、メディアは騒然となった。当日は取材陣が殺到《さっとう》し、入場規制をかけなければならないほどだった。今日の午後には、このニュースがテレビやインターネットに出回るだろう。

本当に、ここまで来たんだ。

わたしは胸をいっぱいにしながら、美しい新郎新婦の姿に見入った。

このイベントがなければ、わたしは悠基と出会うことはなかった。

零ちゃんと再会することも、笑里とのわだかまりを解消することもなく、きっと今も一人で片意地を張って生きていたんだろう。

こんな風に、大好きな二人の結婚式を幸せな気持ちで見つめることができるなんて。


「愛理!!」

物思いに耽《ふけ》っていたわたしは、笑里の大きな声でハッと我に返った。

顔を上げると、わたしめがけてバサッと何かが降ってきた。

「――っ!?」

それはブーケだった。

白いバラとふんわりとしたピンクのラナンキュラス、淡いラベンダーカラーのスイートピー。

わたしの作ったアクセサリーと色を合わせたかのように見えるけれど……雫ちゃんの作ったこのブーケは、たぶん汐騒館じゃなくて笑里をイメージしたものなんだろう。なぜなら、他の花々と違ってこのブーケだけは、お砂糖菓子のような甘さを感じたから。

――でも、なんでブーケがわたしに？

ポカンとしていると、笑里が呆れたように言った。

「ブーケトスだよ、愛理！ 受け取ったからには、次は愛理の番だからね!!」

笑里の言葉に近松さんが口笛を吹き、須藤さんが歓声を上げたものだから、周囲がワッと沸いた。

「おめでとーう！ 愛理ちゃーん！ 社長、式には呼んでくださいよぉ!?」

「アタシがドレス作ってあげるからねっ!!」

「楽しみー!!」

「社長、早めにお願いしますよ!!」

次々と投げ掛けられる軽口に、最後はイベントスタッフ全員が声を合わせた。

「もちろん、会場にはぜひ、我が『汐騒館』を!!」

メディア陣からもドッと笑いが起こり、わたしは顔を真っ赤にしながらも、笑いを止められなかった。

この仕事をして、良かった!!

こんなにも素敵な仲間と、素敵な仕事を成し遂《と》げられた!

感動に涙が込み上げたわたしを、背後からそっと抱きしめる腕があった。

すっかり馴染んでしまったその温もりに身を委《ゆだ》ねて呟《つぶや》いた。

「わたしを、このイベントに誘ってくれてありがとう、悠基」

ほんの少し湿り気を帯びたわたしの声に、悠基がクスリと笑った。

「めずらしくしおらしいんだな。いつもの爪はどうしたの、仔猫ちゃん」

「……仔猫ちゃんはやめてと、あれほど言ってるでしょう……」

わたしの不機嫌は、悠基にとっては仔猫の甘噛み程度のものらしい。上機嫌で腕の中のわたしを引っくり返して目を合わせてきた。その視線がわたしの手の中のブーケに落ちて、フン、と鼻を鳴らした。

「あの子にしては、気の利いたことするじゃないか」

『あの子』が笑里を指しているのだとわかって、苦笑いをする。

「もうちょっと仲良くして頂ければ、わたしも安心なんですが」

唇を尖《とが》らせてそう言うと、悠基は軽く笑って「わかってるさ」と言った。

教会からワァッという歓声が上がって振り返れば、零ちゃんが笑里にキスをしているところだった。カメラのシャッター音が一斉に上がって、また口笛も聞こえた。近松さんだろう。

二人ともメディア慣れしているから、ああいうことが恥ずかしくないらしい。

悠基もまた笑里たちを見ていた。

「まぁ、なるべく喧嘩しないよう頑張るよ。義理の姉になるんだからな」

「え？」

一瞬なんのことかと聞き返したが、さっきの会話の続きだったとわかり、顔が赤らんだ。

――だって、『義理の姉』って。

赤面して黙りこくったわたしに、悠基が怪訝《けげん》な顔をした。

「なんで今更うろたえてる？」

「や、だって……！　プ、プロポーズとか、されたことなかったから！」

笑里との再会を果たしてわだかまりを解《と》いてから、わたしと悠基は『仮初《かりそ》め』ではなく、『本物』の恋人同士になった。

でもだからといって、これまでと何かが劇的に変わったわけではなかった。

それはそうだろう。だって『仮初《かりそ》め』だろうが『本物』だろうが、やることはやっていたわけだから。

変わったとすれば、わたしが以前よりもずっと素直になれたということくらいか。

悠基に「好き」だと躊躇《ちゅうちょ》なく言えて、広げられた腕の中に臆《おく》することなく飛び込める。

誰かを愛して、それを受け止めてもらえる。

わたしは幸福だった。

今があまりに幸せ過ぎて、結婚だとか、プロポーズだとか、まだ考えてもいなかったのが正直なところで。

こんな風に当たり前みたいに悠基の口から言われたら、狼狽《ろうばい》してしまうのも仕方ないんじゃないだろうか。

ちょっとムッとしていた悠基だったけれど、わたしの説明を聞いて「なるほど」と呟《つぶや》いた。

悠基はわたしの左手を取ると、恭《うやうや》しくわたしの目線まで掲げた。

「じゃあ、ちゃんとしようか」

黒尖晶石《ブラックスピネル》のような瞳を甘くきらめかせて、悠基はわたしの目を見つめたまま、左手の甲にキスを落とした。

ゆっくりと、儀式のように、厳《おごそ》かに。

「手の甲には、敬愛」

「……キスの格言？」

「そう。オレの一生分の愛と尊敬を、君に。——結婚してくれますか？」

——どうしてくれよう、ホントこの似非《えせ》イタリア男！

わたしは呆れを通り越して笑ってしまう。それから悠基の首に抱きついて、キスをした。

人前でのキスなんて、普段のわたしじゃ絶対できないけれど、今日は特別。

——唇に乗せるのは、恋心。

たくさんのキスで、わたしに愛情を教えてくれたあなたに、わたしも同じだけのキスを返そう。

そうやって、ずっと、二人で——

Inside story 01

唇に、恋着《れんちゃく》。

『恋着《れんちゃく》』――深く恋い慕《した》って、執着すること。

まさに、オレの恋そのもの。

＊＊＊

オレの恋人は、猫だ。

モチロン、本当に猫なわけじゃない。

動物にたとえるなら、猫、ということ。

だって、ホラ。試しに名前を呼んでみるとする。

「愛理」

オレの事務所のソファで雑誌を読んでいた彼女が、チラリと目を上げた。

手にしているのは先月取材を受けた経済雑誌。『若手実業家特集』とやらにオレが載っている。

彼女が経済に興味がないのは知っているので、オレが載っているから読んでいるんだろう。だがそんな写真《ニセモノ》を見るくらいなら、オレを見てくれればいいのに。

大きくはないけれど、形の良いアーモンドアイが『何?』と問いかけるように動いたので、にっこりと微笑《じっぷつ》んだ。すると一瞬じっと見返された後、すいっと逸らされる。

そして何事もなかったように、彼女の視線は再び雑誌に戻された。オレの呼びかけはまるで無かったことにされた。

仕方がないので、もう一度呼ぶ。

「愛理」

今度は目も上げてくれない。気づいていないはずがないのに、わざとオレを無視している。

――ああ、カワイイなぁ。

一見可愛げのないそんな一挙一動に、オレがもだえるほど胸を高鳴らせているなんて、きっと君は知らない。

オレはワザと苦笑してみせる。できるだけオーバーリアクションで。

そうすれば、彼女がどうするかわかっているから。

「――なんですか」

ホラね。

案の定返事をした彼女の顔には、『不本意』という三文字が見えるようだ。

天邪鬼《あまのじゃく》。絵に描いたような、意地っ張り。

思わず、ぶふっと噴き出せば、いよいよ目を吊り上げて怒りだした。

「なんなんですか、人の名前呼んで、笑うなんて！」

オレはその台詞《セリフ》にさらに噴き出した。ダメだおかしい。

「ぶはっ、だって、無視してたくせに……」

「無視してたのは、悠基が無駄に名前を呼んだってわかってるからでしょう！」

癇癪《かんしゃく》を起こした彼女はそう言うけれど、心外だ。

「無駄ってどういうこと。オレが君の名前を呼ぶのに、無駄なんてない」

「だって、別に用事なんかないじゃない。いつも呼ばれて返事しても、ニヤニヤ笑ってわけのわかんないことばっかり言って」

「わけのわからないことじゃない。『カワイイ』とか『食べちゃいたい』とか、『愛してる』とかだろう？　愛の告白だよ」

「イタリアへ帰れ！」

「オレの国籍は日本です！」

真摯《しんし》に愛を告げているというのに、彼女はオレを『似非《えせ》イタリア男』と呼んで憚《はばか》らない。全くもって心外だ。イタリア人は誰彼かまわず女性に甘いことを言うが、オレは愛理にしか愛を囁かない。

オレは赤くなった顔を隠すようにそっぽを向いた彼女に近づき、隣に腰を下ろした。ギシリと革張りのソファが鳴って、彼女はさらに首を反らせて横を向く。その筋張った首筋まで、赤い。

その薄い朱に、オレの琴線《きんせん》は掻き鳴らされる。

――ああ、もう。

「カワイイ」

堪《たま》らなく、カワイイ。

どうしてこんなにカワイイのだろう？

彼女は……愛理は、ちゃんとわかっている。

オレが『似非《えせ》イタリア人』なんかじゃなく、愛理だけを愛していることを。

わかっていて、わかっていないフリをして、恋心をこっそりと隠してしまうのだ。

なんて、面映《おもは》ゆい。

なんて、愛らしい。

「ほんっと、カワイイなぁ、愛理は」

大事なことなので二回言うと、彼女は逸らしていた顔をこちらに向けて、ギッと睨《にら》んだ。

顔は真っ赤なままだ。

「もうっ！　そういうの、恥ずかしいんだってば！」

知ってますとも。君が露骨《ろこつ》な愛情表現を恥ずかしがることなんて。

君のその顔が見たくて、オレは知っていてやっている。

でも口には出さず、にっこりと笑って彼女の頬を手の甲で撫でる。

少し熱を持ったその皮膚は柔らかくすべらかで、自分とは全然違う生き物なのだと実感させられる。

柔らかで真っ白で、どこまでも純粋な愛理。

彼女は自分が歪《ゆが》んでいると思い込んでいるが、それは違う。

ひたすら純粋なだけなんだ。

歪《ゆが》みというのは、もっと生理的欲求に近いものだと思う。

たとえるならば、執着、のような。

知らないだろう？　愛理。

君を愛しいというオレの想いが、一歩間違えば、君を独占して閉じ込めてしまいたいという狂気になってしまうのだということを。

オレは、知っている。

君に抱くこの想いこそ、執着そのものだから。

＊　＊　＊

初めて愛理を見たのは、国内最大規模のジュエリーコンテストの授賞式だった。

手がけていたプロジェクトのためにジュエリーデザイナーを探していたオレは、古川愛理の名だけは知っていた。とある工房から出している星座をモチーフにしたアクセサリーのシリーズに、インスピレーションを感じて調べたところ、そのデザイナーが彼女だったのだ。

彼女の作品には、静謐《せいひつ》と躍動《やくどう》が同時に存在していた。一見は静でありながら、要所に秘められた動がちりばめられていて、その加減が実に巧妙だった。相反する要素の同居が、プロジェクトのイメージとピッタリ重なったのだ。

欲しい、と思った。けれどそれは仕事上の欲求で、愛理個人を、しかも女性として欲するだなんて、そのときは思いもしなかった。

そもそも、オレは女性関係については非常にドライだ。

オレの生活の大部分は仕事が占めていて、特に、古い物件を新しく作り変える魅力にとりつかれていたと言ってもいい。

だから女性のために割《さ》く時間は本当にごくわずかに限られていて、それで納得する女性とだけ付き合っていた。できる限りの誠意は尽くしたつもりでいたが、今から思えば、セックス目的の交際だったと言えるのかもしれない。

そんなオレのそれまでの価値観は、受賞スピーチをするために壇上に立った愛理を見た瞬間、風船が破裂するかのように消し飛んだ。

一目惚れ――

陳腐《ちんぷ》だけれど、これほどまでにぴたりとくる言葉はない。

緊張に強張る、少し青ざめた小さな顔。小さな鼻に小さな唇。どこもかしこも小さく、いとけない雰囲気なのに、そのアーモンド型の目だけが違った。特別に大きいわけではない。けれど、これほど意志の強い光を宿《やど》した目を、他にオレは知らない。

それだけならば、ただの印象的な子、という程度に留まっていただろう。

愛理がオレに与えた衝撃は、それだけじゃなかった。

彼女の瞳を見た途端、ある映像が浮かんだ。

それは、彼女と同じ瞳をした、小さな赤ん坊のイメージ。

君はその子を抱いていて、こちらを振り返って微笑む。それにつられて笑う子の満面の笑みは太陽のようだった。まるまるとした手足を伸ばし、オレに向かって叫ぶ。

『パパ！』

――白昼夢だ。

そう気づいて、きつく目を閉じた。ありえない残像を振り払うように。

けれどもその映像はモノクロ写真のアルバムに紛れ込んだ一枚のカラー写真のように、鮮烈にオレの脳裏《のうり》に焼きついていた。

白昼夢なんてもの、生まれてはじめて味わった。もっと驚いてもいいはずなのに、オレはなぜかとても冷静だった。

衝撃は、受けていた。

けれどもそれは白昼夢という現象への驚きではなく、オレがその白昼夢をすんなりと受け入れてしまっていたことへの衝撃だった。

――あれは、オレの子供だった。彼女と、オレの。

ありえない妄想。いつものオレならそう一蹴《いっしゅう》するだろう。けれど、オレはそれを本能的に受け入れてしまっていたんだ。

『運命』

彼女がオレの――

その後のオレの行動は素早かった。フットワークの軽さには定評がある。手に入れたいなら即行動、がオレの主義だ。

彼女に声をかけ、捕獲しようと手を伸ばした。

――結果、見事に引っ掻かれた。

オレの運命の人は警戒心が強く、とても気が強かった。

触ろうとすればすり抜けるので、悔しくなって額にキスしてわざと挑発した。

お返しは、盛大な平手打ちだった。公衆の面前での痛烈な一撃に、自分の所業も忘れてムッとしかかって、気づいた。

オレをひっぱたいたその手が、小刻みに震えていることに。

負けん気の裏に潜む彼女の臆病さを知り、全身がわなないた。

静と動。

傲岸《ごうがん》と臆病。

そのアンバランスさに、心臓を鷲掴《わしづか》みにされた。

なんて不安定で、頼りないのか。

それなのに歯を食いしばって、泣きながら何を我慢をするんだろう?

——そんなに頑張らなくていい。

——オレが、守るから。

そう思った自分に、今度こそ驚愕《きょうがく》した。

庇護欲《ひごよく》、そんなものが自分の中にあっただなんて。

けれども、オレはこのときハッキリと感じたのだ。

彼女を——愛理を、守りたい。

彼女を苛《さいな》む全てを遠ざけ、排除して、囲い込んでしまいたい。

永遠にオレの腕の中で、笑っていてほしい。

一見、高潔そうな感情に見えるが、裏を返せば単なる独占欲だと、オレはその感情を抱いたときから理解していた。

オレの腕の中だけで笑って、オレだけを頼って。

君をまるごと、オレは愛するから。

その全てを、オレに——

——オレの『想い』は、執着そのものだ。

オレは平手を喰らった頬に、手の甲で触れた。

カワイイ仔猫の残した引っ掻き傷は、熱を帯びて腫《は》れていた。

臆病な君が、この手を取るのを怖がるのなら……

この手を取らざるを得ないよう、用意周到に絡め取ってあげよう。

この身勝手な恋着《れんちゃく》を、歪《ゆが》みと言わずしてなんと言うのか。

ただ一人へ向けた、オレの恋心。


唇に乗せるのは、恋着《れんちゃく》。

君を絡め取るために、キスのたびに、君の上にオレのしるしを残していくんだ。

＊　＊　＊

ふくれっ面をする愛理に、オレは自分のしるしを残していく。

額に、鼻梁《びりょう》に、頬に、唇に――

拗《す》ねてはいても、愛理はオレのキスを拒まない。

宥《なだ》めるように下唇を舐めれば、簡単に歯列が開く。

可愛くて可愛くて、オレはくぐもった笑い声を堪《こら》えながら、その間に舌を滑り込ませる。舌が入り込んでくると、愛理は必ず最初に小さく喘《あえ》ぐ。

「――んっ……ふ」

その可愛らしい声を聞き逃さないよう耳をそばだてながら、愛理の小さな舌に自分のそれを絡ませる。ぴちゃ、くちゅ、という粘着質な水音をワザと立てる。そうすると愛理が煽《あお》られるのを知っているから。

思惑通り、愛理の首筋の肌が桃色に染まり、鼻から抜ける呼吸が浅くなっていく。

――ああ、もう、カワイイ……！

うっとりとそれを五感で感じ取りながら、愛理の甘い唾液を啜《すす》った。

ゴクリとそれを嚥下《えんげ》して、愛理にも同じように自分のそれを飲ませる。細い喉が上下したのを確認して、オレは唇を離した。

「上手」

額にかかる髪を撫で上げながら褒めれば、潤んだアーモンドアイを吊り上げた。

「子供、じゃない」

「わかってます」

子供にこんなことをしたりはしない。

オレはクスクスと笑いながら、愛理のサマーニットの裾《すそ》に手を滑り込ませる。ニットの下は素肌で、少しひんやりとしている。エアコンの温度設定が低すぎただろうかと思い、「寒い？」と訊けば、無言でふるふると首を振った。

まぁ、どうせ今から熱くなる。

脇腹を撫でた後、ブラのホックを外す。そうされてようやく、愛理が慌てたように身じろぎした。

「ちょ、悠基、するの？」

「何を今更」

「だ、だって、こんな場所で……！」

こんな場所――オレの事務所だ。

オレは首を傾《かし》げてみせた。

「そんな悪い場所じゃないと思うけど。このソファは結構大きい」

気に入って買ったヴィコ・マジストレッティのマラルンガ。三人掛けだから、行為に及ぶのに支障はないはずだ。

だが愛理はオレから逃れようとする。

「ソファの大きさが問題なんじゃない！　人が来るかもしれないでしょう⁉」

ああ、なるほど。

オレは胸を押す愛理の手を掴《つか》んで言った。

「大丈夫、来客の予定はないから」

「来客がなくたって、向こうの部屋には崎田《さきた》さんとか加茂《かも》さんだっているでしょうっ」

崎田と加茂はオレの秘書の名前だ。各地を飛び回っていることの多いオレに代わって、主にこの事務所に常在しているスタッフだ。

彼らからさっき昼食に出ると言われていたので、今は不在だとわかっていたが、まぁ内緒にしておこう。

オレは掴《つか》んだ手の甲にキスを一つ落として、ニタリと口の端を上げた。

「大丈夫。聞こえない。聞こえても彼らは大人だから、気づかないフリをしてくれるよ」

「全然大丈夫じゃない！」

顔色を変えて抵抗し出す愛理の腰を寄せて、自分の膝の上に抱え上げた。喚《わめ》こうとする唇をキスで塞《ふさ》ぎ、耳を指でくすぐってやるとヒクンと背を揺らして脱力していく。

――なんて、カンタンな。

オレの仔猫は、快楽に弱い。

口ではどれほど抗《あらが》ってみせても、彼女のたおやかな肢体のそこかしこに散らばる快楽のスイッチを押してやれば、あっという間に蕩《とろ》けてしまう。

オレの上に跨《また》がるように座らせているので、タイトスカートが捲《めく》れ上がって白い柔らかな太腿が見えてしまっている。耳をくすぐったまま、もう片方の手で外腿をさすり、何度目かのスライドで内腿へと移る。スカートの布地の下に手を這《は》わせると、滑《なめ》らかな肌に熱がこもっていた。

下着の脇に指をかければ、塞《ふさ》いでいた桜色の唇から「……っん」と何かを堪《こら》えるような声が漏れた。

「……っと、エロいなぁ」

愛理の声は、ヤバい。普段はあまり抑揚《よくよう》のない落ち着いたトーンなのだが、快楽に浮かされると一気に艶《つや》めく。

オレが呟《つぶや》くと、愛理が問いかけるように見上げてくる。

「――っ」

オレは絶句する。

いつもながら、発情した愛理の表情を見るだけで、腰が砕けそうになる。頬が上気し、今までオレに貪《むさぼ》られていたせいで唇は腫《は》れ上がって濡れて光り、気の強そうなアーモンドアイが、ハチミツのように蕩《とろ》けて潤んでいる。

「カワイイ」

オレはくつりと喉を鳴らして、スカートの中の手を動かし始める。下着の中に潜り込ませた指をわずかにずらせば、すでに蜜を零し始めていた。

「ぁあんっ」

「キスだけでこんなに濡れちゃってんの？　愛理はエロいなぁ」

蜜をまとわせるようにその場所を往復し、熱い坩堝《るつぼ》にゆっくりと指を挿入させる。

――熱い。

ゴクリと喉が鳴った。

指が溶かされそうだ。

「……んっ、はぁっ」

白い太腿がフルフルと震え、細い腰が浮いた。

スイッチの入ってしまった愛理は抵抗をやめた。唇を塞《ふさ》ぐ理由がなくなったので、オレは他の攻略にかかる。首筋に吸いつき、舌でなぞれば「んっ、っふ」とくぐもった美声をあげ、腰を揺らす。指で愛理の中にある肉厚な粘膜を擦《こす》り上げながら、入口の上の真珠を親指で嬲《なぶ》る。愛理はここが弱い。

「……っ、ぁ、ふっ、……んぅっ」

クルクルと円を描くように嬲《なぶ》り続ければ、声を必死で押し殺す愛理の苦悶《くもん》の表情が見えた。

ゾクッと戦慄《せんりつ》が走る。

「……堪《たま》んないな、マジで」

——今日はまた、ずいぶんと。

たかだかこの程度の愛撫《あいぶ》でこの乱れよう。いくら弱いとはいえ、普段の愛理ならこういう状態になるにはもう少し時間が必要だ。

いつもと違うところといえば、このシチュエーションか。

オレは密かにほくそ笑む。

愛理の中の指をもう一本増やし、動きにバリエーションをつける。その一方で、さっき脱がせそこねたニットを捲《めく》り上げ、黒いレースのブラに包まれた小振りの胸をあらわにする。白い肌に黒のレースというコントラストを楽しむのもいいが、今は愛理をもっと乱れさせたいという欲求が勝った。まるい乳房がまろび出る。

ピンク色の頂《いただき》はもう尖《とが》っていて、愛理の鼓動と同じ動きで震えている。

「もう立ってるよ？」

からかうと、愛理はくしゃりと顔を歪《ゆが》める。悔しそうな、切なそうな表情。

——ああ、本当にもう堪《たま》らない。

己の欲望がじわじわと膨れ上がっているのを感じながら、オレは乳房に舌を這《は》わせる。丸い輪郭《りんかく》や柔らかな肌の感触を味わいながらも、愛理の欲しがっている部分には決して触れない。

「……っ、ぅ、も、おねが……ゆ、き……っ」

焦《じ》れったさからだろう、愛理が身を捩《よじ》ってオレの顔に乳房を押しつける。オレは我慢できずクツクツと笑い出した。

「お願い？　何を？」

「……いじわっ」

「ふふっ。そう、意地悪なんだよね、オレ。愛理がカワイ過ぎるのがいけないんだよ？　ホラ、何のお願い、なの？」

片手で乳房を押し上げるように掴《つか》めば、まるで愛理自身にその色づいた頂《いただき》を見せつけるかのようになった。

愛理は欲に濡れた瞳でその様子を見つめていたが、やがて泣き出しそうに目を細めて、声を絞り出した。

「……舐めて」

「うん？　どこを？」

「……っ」

「どこか言ってくれないとわかんないよ？　ホラ、愛理？」

空とぼけると、愛理はきゅっと唇を噛み締めて、唐突にオレの膝から下りてしまった。

――しまった。やり過ぎたか。

そう後悔した矢先、愛理がオレの足の間に屈み込んだので驚いた。

呆気《あっけ》にとられる間もなく、カチャカチャとベルトを外され、パンツのジッパーが下ろされた。

「あい――っ」

名を口にした瞬間、ボクサーブリーフの上から白い手が硬くなったオレを撫でたから、声が途切れてしまった。ただでさえ愛理の痴態《ちたい》に煽《あお》られていたものだから、オレのモノは物理的な刺激に歓喜する。愛理の手はそのまま布越しにオレを握り、ゆるゆると扱《しご》き始めた。

「――っ」

思わず、腹筋に力がこもる。

「ふふ」

嬉しそうな笑い声がして視線を下げれば、こちらを猫のような目で見上げる愛理の笑顔があった。

「悠基だって、もう立ってるでしょ？」

イタズラっ子のようなふるまいに、今度はオレが振り回される番だと気づいた。

オレは苦笑いとも悦《よろこ》びともつかない笑いを漏らした。

――そうだった。オレの恋人は、仔猫だった。

愛理がボクサーブリーフを指で引っ掛けて下ろそうとするので、軽く腰を浮かせてをそれを助ける。解放されたモノは完全に立ち上がって天を突いていた。愛理はその根元を両手で握り込みながら笑う。

「お願い、は？」

小首を傾《かし》げて問う彼女に、ふはっ、と噴き出した。

「ほんっと、負けず嫌いだな！」

すると愛理は唇を突き出して顎《あご》を上げた。

「して欲しくないの？」

イヤイヤ、そうは言ってません。

オレはクスクスと笑いながら、愛理の頬を撫でた。

「して欲しいです。お願いします」

「何をお願いなの？」

またもや噴き出した。

「そこも!?」

「当たり前。受けた辱《はずか》めはキッチリ返しますから！」

辱《はずか》め？　オレにとっては僥倖《ぎょうこう》でしかないが、愛理がそう言うのならそれでいい。

オレは頬を撫でていた手を後頭部に移し、やんわりと促《うなが》した。

「――舐めて。愛理」

低い声でそう囁けば、愛理は少し不満そうな顔をしたけれど抗《あらが》わなかった。

たぶん、『どこを舐めて欲しいのか』という先程のオレとの問答を繰り返したかったのだろうが、諦めてくれたらしい。まぁ、正直ありがたい。

ちゅ、と小さなリップ音と共に、愛理の唇が先端に触れた。ちろちろ、と小さな舌が蠢《うごめ》く。傘の部分を余さず舐《ねぶ》り、鈴口にぐり、と舌が埋まると、呻《うめ》き声が漏れた。

「――っく」

「ふふっ」

満足気に笑って、愛理が竿を握り締めてゆるゆると動かし出した。

「悠基」

呼ばれて視線を動かせば、愛理が上目遣いでオレを見上げていた。

「見てて」

言うなり、大きく口を開いてめいっぱい咥《くわ》え込んだ。温かく湿った感触に、ゾクゾクッと腰に抜けるような痺《しび》れが走る。それと同時に、愛理が小さな唇で、赤黒くグロテスクな自分のモノを頬張っているという卑猥《ひわい》さに欲情を煽《あお》られる。

「——はっ」

短く息を吐いて、堪《こら》えた。

オレの吐息に、愛理のアーモンド型の目が弧を描いた。

——くそ。

このイタズラな仔猫は、男が視覚で興奮するのを知っていてやっているのだ。

愛理は、オレが初めての男じゃない。認めたくはないが、彼女の技術はオレ以外の男から修得したものだ。その恩恵に預かっていると言えばそうなのかもしれないが、やはり面白くない。

オレだって、愛理の前に女性がいなかったわけじゃないし、そんなこと言ってもつまらないことだとわかってはいても、感情がついていかない。

オレの愛理への恋情は歪《ゆが》んでいるから。今までの女性たちに対しては、執着なんて感じたことがなかったので、つまるところそれらは恋ではなかったのだろう。

言ってみれば、愛理がオレの初恋なのだ。

オレの初めての恋情は、執着心だった。

愛理は、オレのものだ。

彼女の視線も興味も関心も、全部オレに向けられていないと気が済まない。

彼女の過去も未来も、もちろん現在も全て、自分のものにしたい。

だが、その欲望のままに行動すれば、恐らく彼女を閉じ込めてしまうだろう。オレだけを見て、オレだけを愛するように。

そうしてしまえば、愛理が愛理ではなくなってしまうことは、バカでも想像がつく。

ただでさえ愛理は、『強い自分』を創り上げることで本当の自分を閉じ込めて、長い間苦しんできたのだから。

オレが欲しいのは、そのまんまの愛理だ。意地っ張りで負けず嫌いで、すぐに拗《す》ねる。仔猫のような、そのままの彼女を愛している。

だからオレは歪《ゆが》んだ欲をそっと奥にしまって、代わりに策略を巡らせる。

彼女が自ら進んで、オレの腕の中を選ぶように、用意周到に、そっと囲い込んだ。

苦労して手に入れた愛理を、大切にしたい。彼女を傷つけるあらゆるものから守って、甘やかしてやりたい。

そう思っているのに、ふとした瞬間に、歪《ゆが》んだ恋着《れんちゃく》は顔を出す。

過去の男にまで感じてしまう、嫉妬《しっと》。歪《ゆが》んだ恋着《れんちゃく》が姿を変えた醜《みにく》い感情は、オレの中に嗜虐的《しぎゃくてき》な感情をもたらしてしまうのだ。

愛理の小さな頭が上下する。その動きに合わせて、オレの快感が徐々に膨れ上がっていくのを感じながら、オレは彼女の頭に触れていた手をぐっと自分の方へ引き寄せた。

「――ぅんっ⁉」

オレのモノを口に入れたまま引き寄せられて、愛理が呻《うめ》き声を上げた。喉の奥まで達したのか、苦しそうに眉根を寄せる。

――あ、やべ……

その涙目に、オレのサディスティックな劣情が煽《あお》られる。

「ごめん、ちょっと無理させる、かも」

ごめん、などと言いながらも無理させる気満々でオレは愛理に囁き、愛理の後頭部を両手で掴《つか》んで固定し、上体を起こして腰を揺さぶった。

「ん、んんっ、……んん――っ」

今まで口淫される際に主体的に動くことはしなかったオレが、唐突に、しかも強引な動きを見せたことに、愛理は動揺しているようだった。

それでも拒絶する仕草はなく、オレの太腿のパンツの生地を握り締めてそれに耐えている様子は、もう堪《たま》らなくカワイイ。その表情だけで、達しそうになる。

「は、愛理……上手。そのまま舌、尖《とが》らせて後ろに当てて。そう」

腰を揺らすスピードを落として、アーモンド型の目尻に浮かんだ涙を指で拭《ぬぐ》ってやりながら指南《しなん》すれば、恨めしげにこちらを睨《にら》み上げつつも、従ってくれる。

「……ふ、苦しい？　ごめんね、でも、すごくカワイイ……」

部屋に響く粘着質な水音が、ひどく卑猥《ひわい》だ。

可憐な口に腰を突き入れながら、ディープスロートさせようかと思ったが、それはさすがに酷《こく》だろうかと思い直す。初めてではえずくだろうし、吐くほど苦しい思いをさせたいわけじゃない。

扇情的《せんじょうてき》な姿が見たいだけだ。

こちらを涙目で見上げ、歯を当てないよう必死で口を開けているその姿だけで、もう充分だ。

今のところは。

「あい、りっ……このまま、出すよっ」

腰の動きを速める。

「っ……！」

愛理は口の粘膜に叩きつけられる液体に、苦しげにぎゅっと目を閉じた。

ドクン、ドクン、と欲求が吐き出されていき、身体がゆっくりと弛緩《しかん》する。

「……は」

全身に広がる快楽を楽しみながら、ゆっくりと愛理の口内から己を引き抜いた。愛理は口を閉じて少し呆然《ぼうぜん》としていて、それもまたカワイイ。

飲め、と言おうかと思ったが、やめておいた。

ティッシュの箱を引き寄せて渡すと、数枚引き抜いて口元を拭《ぬぐ》う。

恨めし気に睨《にら》むその顔に、つい苦笑が零れる。

「ごめん。でも、気持ち良かった。ありがとう、愛理」

腕を取って抱き寄せてそう言えば、ずいぶん不機嫌そうな声で「……どういたしまして」と返ってきた。もともと愛理の方からしてくれた奉仕だったから、文句を言うのも筋違いだと思ったのかもしれない。オレを翻弄《ほんろう》したかったのに、逆にオレに主導権を握られて行為が終わったのが気に食わないのだろう。

本当に、ひねくれているけれどわかりやすい。

オレは仔猫を可愛がるように、愛理の顎《あご》を指でくすぐった。

「……何」

「ふふ、お礼だよ」

「……猫じゃないって、何度言ったら……」

「そっか、愛理は猫じゃないから、くすぐるんじゃなくて、ちゃんと触ってあげないとね」

そう言いながら、ソファに押し倒す。華奢《きゃしゃ》な愛理はコロンと転がって、その上にのしかかったオレをポカンと見上げた。

「えっと」

「オレばっかりじゃ不公平だし。愛理だって、中途半端で終わったら辛いだろう？」

にっこりと微笑めば、「いやあの」と呟《つぶや》いたものの、すぐに強張りを解《ほど》いた。

「イイ子だ」と囁いて、まずはニットを捲《めく》り上げる。ブラごと押し上げて、先程いじくっていた頂《いただき》に躊躇《ちゅうちょ》なく吸いついた。途中でやめてしまったことで、愛理の身体の熱は冷めてしまっているので、てっとり早く取り戻したかった。

「んっ」

ちゅうっと音を立てて先端を吸えば、柔らかくなっていたそれが、すぐに硬度を取り戻していく。片手で愛理の左膝の裏を持ち上げて開かせ、そのまま手を撫で下ろして付け根に辿《たど》り着く。先程の愛撫《あいぶ》で濡れた下着を取り去り、指で秘所の状態を確認すると、まだそこは乾いてはいなかった。指を中に滑らせ、愛理の弱い腹側の場所を重点的に擦《こす》れば、ひくんひくんと白い腹が動き、カワイイ喘《あえ》ぎ声が聞けた。

「……っ、ぁっ、……ふ」

隣の部屋に人がいるとまだ思っている愛理は、声を上げないように懸命に堪《こら》えている。その健気な顔に、一度収まったはずのオレの情欲がまたむくむくと頭をもたげ始める。

己のことながら苦笑を禁じ得ず、オレは愛理のもう片方の乳首を指で転がしながら呟《つぶや》いた。

「……ごめん。しないつもりだったけど……」

言いながら上体を起こして、愛理の足を大きく開かせる。

「えっ」

再び蜜を零し始めたそこに、またもやしっかりと力を取り戻したその先端を宛《あて》がうと、愛理はギョッとして身体を起こそうとした。万が一拒否されたらイヤなので、ずるがしこいオレは素早くキスをして押さえ込んだ。

深いキスで翻弄《ほんろう》し、愛理が降参したのを確認してから、唇を外してニタリと笑った。

「また立っちゃった」

「……バカ」

「愛理がカワイイのがいけない」

「意味、わかんな……ふぁんっ」

一気に挿入する。油断していた彼女は、急激な刺激に嬌声《きょうせい》を上げた。

——カワイイっ……！

愛理は両手で自分の口を押さえて、涙目になっている。

ヤバい。カワイイ。マジでカワイイ。

どうしようもなく煽《あお》られて、オレは最初からガツガツと突き上げてしまう。

ギシ、ギシ、とオレの速い動きに合わせてソファが軋《きし》む。そのたびに、ふ、ふ、と愛理の口から、堪《こら》え切れない嬌声《きょうせい》混じりの吐息が漏れる。オレは声を上げさせたくて、鋭く一突きした後、中の一点を抉《えぐ》るようにグラインドさせる。

「ぁあああっ」

そこは愛理のスイッチ。目論見《もくろみ》通り、愛理は首をのけぞらせて愛らしく啼《な》いた。

ああ、もう、カワイイ、カワイイ、カワイイ。

オレは頭がおかしくなったのかもしれない。そう思ってしまうほど、どうしようもなく愛理が愛しかった。

もっと見たい。もっと聞きたい。

「そんないやらしい声出しちゃって……崎田や加茂に聞かれてもいいの？」

我ながら意地が悪いと思いながらも訊《たず》ねると、愛理が目を開けて定まらない視線をオレに向けた。

「いやぁ……いじ、わるぅ……」

その快楽に蕩《とろ》けきった、哀願の目に、撃ち抜かれた。

「……っ」

不覚にも射精してしまいそうになり、全身の筋肉に力を入れて堪《こら》えた。

くそ、堪《こら》えろ、堪《こら》えるんだ、オレ！

まだ愛理を堪能したい。もっと愛理の中を味わいたい。

ピタリと動きをやめたオレに、愛理がむずがるように啼《な》き声を上げた。

「やだぁ、やめないでぇ……おねが、もっとぉ……！」

オレの仔猫は、快楽に弱い。

完全に快楽に溺《おぼ》れきってしまった愛理は、もう声を我慢する気など、どこかへ飛んでしまったようで、甘いおねだりをしながら自ら腰を揺らして催促《さいそく》をしてきた。

「――く、そっ、愛理っ」

臨界点、突破。

こうなってしまえば、もうどうしようもない。

オレはがむしゃらに腰を振りたくった。

「ぁっ、あっ、ぁあああっ、ふぁっ、あ、あ、ゆうきっ、ゆうきぃっ」

愛理が仔猫のように啼《な》いて、その声が鼓膜に響くたび、オレの恋情は大きくなっていく。

「愛理っ、あいりっ……好きだ、すきだ、あいりっ……！」

オレの中で次々に生まれてくる恋情を、愛理の名を呼ぶことで昇華《しょうか》させる。でないとこの想いは、オレの中でどんどん密度を増し、やがて執着へと変わってしまうから。

「ゆ、き……」

愛理がオレを呼んで、両手を差し伸べた。

「すきよ……あいしてる」

その不意打ちに、オレは泣き出したくなった。

――ああ、本当に。

愛理、君には敵《かな》わない。

オレの熱い恋着《れんちゃく》に返されたのは、涼やかな水のような愛情。

「ぁ、ああっ、ゆ、きっ……ぜんぶっ、ぜんぶ、ちょうだいっ」

愛理の中がオレの全てを搾《しぼ》り取るように蠕動《ぜんどう》し、締めつける。

彼女もまたそのときが近いのを感じて、オレはラストスパートをかける。

「あげる……あげるよ、オレの、全部っ……」

睦言《むつごと》を囁き、オレは愛理にキスをする。

唇を重ねた瞬間、声もなく愛理が痙攣《けいれん》し、同時にオレも限界に達した。
ビクビクという互いの身体の響きを感じ合いながら、オレたちは唇を重ね続けた。
——唇に、恋着《れんちゃく》。
重なる唇に、恋着《れんちゃく》を乗せて。

Inside story 02

次のキスまでの十五時間

「そうだな……そこまで言うなら、あなたに、僕を選んでもらおうかな。アイリ」

マレスカは飴色《あめいろ》の瞳を意地悪く煌《きら》めかせて、わたしを見据えた。

その表情は獲物を狙う肉食獣そのもので、わたしは自分がミスを犯したことがわかった。

蛇に睨まれた蛙《かえる》のように、わたしは硬直したまま、ゴクリと唾を呑み込んだ。

——どうして、こんなことに……!!

＊　＊　＊

『汐騒館』のウエディングイベントの成功後、次々に仕事が入ってくるようになった。

その中に、ファッション誌からの依頼があったのだ。

イタリアに『Diamante Oggi Award』というダイアモンドを使ったジュエリーに限定されたデザインコンテストがある。実はこのコンテスト、ジュエリーデザイナーにとっては特別なものだったりする。

ダイアモンドは宝石の中でも特殊な石だ。価値をはかるのには様々な基準があるが、最も有名なのはＧＩＡ《アメリカ宝石学会》の定めたシステムだろう。

カット・クラリティ・カラー・カラット。

いわゆる４Ｃと呼ばれる基準によって、ダイアモンドの価値が決まる。その基準についての詳しい知識がなければ扱えないし、さらにはカット技術が必要となる。

もちろん技術が進歩した現在、カットはほとんどマシンが行っているが、このコンテストではマシンカットは認められておらず、デザイナーが手作業で行わなければならない。つまり、ダイアモンドを見極める目と、扱う技術を問うコンテストでもある。

何が言いたいのかといえば、『Diamante Oggi Award』の優勝者は、ジュエリーデザイナーとして、一目も二目も置かれる存在だということだ。

今回の雑誌の依頼は、その覇者と、ＷＷＪＡの優勝者であるわたしとを誌面上で対談させる、という内容の依頼だった。

わたしは一も二もなく、飛びついた。

当然だ。憧れの『Diamante Oggi Award』の覇者との、対談！

確実にクリエイターとしての刺激になる。さらに対談の舞台は、なんとイタリアのフィレンツェ。

対談の相手であるグイード・マレスカが自分の工房で会いたいと言ってきたのだそうだ。

彼の名前は知っていた。

『Diamante Oggi Award』の覇者だからというだけじゃない。彼の作るアクセサリーを見たことがあったからだ。

数年前に、ウチの会社の社長が、買いつけのためにフィレンツェに行ったことがあり、そのときお土産《みやげ》にもらった革の手袋についていたチャームが彼の仕事だったのだ。

少し変わった形の金のプレートに数ヶ所丸いホールがあり、その中にボール型のガーネットが埋め込まれたそのチャームは、一瞬でわたしの心を奪った。

見惚れていると、社長がニヤニヤしながら説明してくれた。

「それ、カワイイだろう？　なんでもメディチ家の紋章がモチーフなんだそうだ。フィレンツェはかつてメディチ家が支配していたからな。地元の若手デザイナーの作品らしい。グイード・マレスカ、だったかな？」

以来、彼の名前が頭から離れなかった。

フィレンツェという街の歴史と風土の香りを、小さなチャームに凝縮するセンスを持ったデザイナー。

その彼が、私の憧れの賞を手にしたというのにも興奮したが、さらに会うことができるなんて、本当に夢のようだと思った。

一週間の日程の取材旅行に意気揚々《いきようよう》としていた私に、顔色を変えて反対したのは、恋人である悠基だった。

「グイード・マレスカだって!?　あの男に会うのか!!」

え。何その反応。

「知り合いなの？　悠基」

「……知り合いというか……。前に話した友人の鉱山主の、甥《おい》っ子なんだ」

「ああ、なるほど。じゃあマレスカってお坊っちゃまなんだ」

「そんなことはどうでもいい。グイードに会うつもりなのか、愛理！」

いやちょっと待て。

その言い方じゃ、なんだか間男《まおとこ》にでも会いに行こうとしているみたいじゃないか。

「対談するだけじゃないの！」

「なんでわざわざ、イタリアくんだりまで出向かなきゃならないんだ！」

「だから、それはマレスカが来てくれって言うから。仕方ないでしょう、向こうの方が忙しいんだもん」

それにジュエリーデザイナーとしての実力も向こうが上だ。

悔しいとは思うものの、向こうの要求を優先した出版社の判断は正しいと思う。

それに、タダでフィレンツェに行けると思えば、オイシイ仕事だ。

だけど悠基は食い下がる。

「わざわざ自分のテリトリーに呼び込むなんて、女タラシの常套《じょうとう》手段だろう！　あいつはめちゃくちゃ手が早いんだ！　そんな男の所にノコノコ出向くなんて、食べてくださいって言ってるようなもんだ！」

その台詞《セリフ》に、記憶がゆらりと甦《よみがえ》った。

「へぇぇぇぇぇ？」

どの口が言うんでしょうかねぇ。

わたしはうすら笑いを浮かべて悠基を見据えた。

「わたしを『汐騒館』のイベントにかこつけて呼び寄せたのは、どこのどなた様だったでしょうかねぇ？」

イヤミっぽく言ってやると、悠基がグッと言葉に詰まった。

「そうかぁ、あれは常套《じょうとう》手段だったわけかぁ、女タラシの。へぇぇぇ」

「ち、違うっ！　アレは純粋に、君の仕事を見て、その腕が欲しかったからで……！」

「そう！　仕事！」

わたしは悠基の言葉尻を捕らえて、指を突き出した。

ここで畳み掛けておかなければ、この男は絶対に折れないだろう。

「いい？　悠基。このフォレンツェ行きは、純粋な仕事なの！　決して男に会いに行くわけでも、女タラシの罠でもないんです！　おわかり頂けますか!?　敏腕実業家の望月悠基サマ」

「う……」

ガックリとうなだれた悠基を見て、わたしは自分の勝利を確信したのだった。

悠基は仕事を愛していて、プライドを持っているからこそ、わたしも自分と同じくらい情熱をもって仕事をしているということを理解してくれている。

いくら独占欲が強いとはいえ、『仕事』の二文字を強調すれば、悠基は止めるはずがないのだ。

こうしてなんとか今回の仕事を受けることができたのだが、悠基は成田空港でも念を押すのを忘れなかった。

わたしの手を握って、真剣な顔つきでのたまった。

「いいか！　何かあったらすぐに携帯に連絡するんだぞ！」

すでに十回は同じ台詞《セリフ》を聞かされていたわたしは、ウンザリとした顔を向けた。

「もう耳にタコ！　大体、何かあったとしてもイタリアと日本だよ!?　どうしようもないじゃない！」

「十五時間以内に駆けつける」

「えっ」

ものすごく具体的な数字を言われて、わたしは次の言葉が出てこなかった。

イタリアまでは直行便を使って十二時間強かかる。連絡を受けてから、すぐに動いたとして、確かに最短で十五時間ほどだろうか……いや、ただでさえ数の少ない直行便に空席がある可能性は低いし、都合の良い時間に飛ぶ便があるかどうかもわからない。現実的に考えれば無理だと思うが……

だが、目の前の漆黒の瞳に、冗談の色は欠片《かけら》もない。

――ほ、本気だこの人……

本気で、なんとしてでも十五時間以内に来るつもりだ。金に糸目をつけず、数少ない直行便のチケットをもぎ取って、文字通り飛んでくるつもりだ。

——絶対に、電話できない！

悠基がとんでもない無駄金を使うとわかっていて、電話なんかできるもんか。そもそも、たった一週間の旅で何が起こるというのか。過保護すぎる。

何があっても悠基には電話しないと心に誓って、わたしはニッコリと微笑んだ。

「わかった。何かあったら、電話するから」

しないけどね!!

悠基がきたら、ややこしくなるのは目に見えている。

「何かなくても電話しろ」

どうしてそうなる。

「やなこった！」

「愛理！」

「あのねぇ、悠基はちょっと過保護すぎるよ!!　わたしは二十五歳の成人してる社会人なんです！海外だって初めてじゃないし、トラブルがあったって自分で解決できるよ」

すると悠基はムッとして口の端を曲げた。

「オレが心配してるのはそこじゃない。グイードだ」

私はいよいよ呆れる。

「あのさ、何を心配してるか知らないけど、初対面でしかも仕事の対談で、何が起こるっていうのよ？　しかもわたしなんか相手に！」

笑里みたいな美女ならともかく。

自分の容姿は、十人並みだということはちゃんと理解している。

それなのに、悠基は目をつり上げて怒り出した。

「愛理がそんなだから心配なんだよ！」

はぁあああ!?

「そんなってどういうことよ！」

「愛理は自分をわかってない。男がどんな生き物かも」

カチンときた。

はっはっは。

そりゃあ天下の色男さまの経験値に比べれば、わたしの経験値なんてゼロに等しいでしょうよ。

わたしは悠基を見上げて、人差し指を突きつけてやった。

「ぜったいに、電話なんかしないからっ!!」

「なっ……！　愛理っ!?」

「うっさいこの似非《えせ》イタリア男!!　お望み通り、本場で男がどんな生き物なのか、じっくりとっくり勉強してきてやるから、指くわえて待ってろバカ!!」

「ちょっと待て!!　なんでそうなるんだ!!」

悠基が面喰ったように叫んでいたが、わたしは脱兎《だっと》のごとく逃げ出して入場ゲートに駆け込んだ。

「愛理!!」

悠基の声が聞こえたけれど、振り返らなかった。

悠基のバカ!!

悶々《もんもん》とした一週間を過ごすがいい!!

そう思いながら旅立ったのだが――

実のところ、悶々《もんもん》とする羽目になったのは、わたしの方だったのだ。

＊　＊　＊

初めてのイタリア。憧れの街フィレンツェ。

ワクワク満載のはずの旅行（仕事だけど）なのに、思ったほど胸は弾まなかった。

マレスカと会うのはフィレンツェ入りして二日目の予定だったから、初日は出版社の担当者とほぼ観光をしていたのだが、ドゥオモを見ても、サン・ジョヴァンニ洗礼堂を見ても、脳裏《のうり》を過《よ》ぎるのは悠基のことだった。

『愛理!!』

怒りを孕《はら》んだような声――

「なんで、出がけに喧嘩なんかしちゃったかなぁ……」

ちょっと早めの夕飯を取るために入ったトラットリアで、ため息と共に独り言を吐き出すと、担当者の片桐《かたぎり》さんが耳ざとく聞きつけたらしい。

「あれ？　古川さん、喧嘩？　彼氏ですか？」

興味津々、といった様子の片桐さんは、二十代後半のサバサバとした女性だ。くりくりした大きな眼に小さな鼻、ショートカットの似合うキュートな彼女は、年よりもずっと若く見える。そのせいか親近感がわいて、人見知りのわたしにしては珍しく、会ってすぐに仲良くなった。

わたしは苦笑しながら頷いて、グラスの水を一口飲んだ。

「そうなんですよ。よりによって、成田で喧嘩しちゃって」

「あらら-。それはまた……じゃあ、ちょっとブルー入っちゃいますよねぇ。遠く離れちゃっただけに」

わたしは「はは……」と力なく笑った。

そうなのだ。

悠基と付き合い出して数ヶ月。喧嘩もしたけれど、それらはお互いが傍にいれば、すぐに解消されてしまった。

けれど、仲直りしたくても相手が傍にいないとできない。

仲違いをしたまま、という状態は、辛い。

空港のゲートでは、あれほど腹を立てていたのに、飛行機を降りる頃には、わたしはもう悠基が恋しくなってしまっていたのだから、本当に情けないというか性質《タチ》が悪いというか。

でもそれだけ、わたしの心の拠《よ》り所が悠基になってしまっているのだろう。

自分の中の多くの部分を他者に委《ゆだ》ねる――そのことから生じる不安は、いつだってある。

こんな風に悠基に依存して、いつか放り出されてしまったら？

悠基を失って、わたしは生きていけるの？


そんな極端なことを考えてしまうほど、わたしは悠基に多くを委《ゆだ》ねてしまっている。

悠基の傍にいて、その存在を肌で感じていられるならば、不安は湧いてこない。

悠基を信じていないわけじゃない。

悠基がわたしに与えてくれる愛情を、疑ったりはしない。

けれど、彼の存在を近くに感じられなくなってしまうと、情けないことに、怖くなってしまうのだ。

——一人で、立っていられるようにならなくちゃ。

そう思って、片意地を張って生きていたあの頃、どうしようもなく、生きるのが苦しかった。気づかないフリをしていたけれど、わたしは苦しかった。淋しかった。

その淋しさを感じているのは、たぶんわたしだけじゃない。誰もが抱えているものなのだ。

人間は不完全だから。その不完全を補うために、人を愛するんだ。

嵌《は》め込み合った、パズルみたいに。

はぁ、ともう一度溜息を吐いた。

悶々《もんもん》とした一週間を過ごしているのは、どうやらわたしの方らしい。

「重症ですねぇ」

わたしの様子を見ていた片桐さんが、クスクスと笑いながら生ハムをフォークで刺した。

「電話してみればいいじゃないですか。仲直りすれば、気が晴れるでしょ？」

もっともな意見だったけれど、わたしは首を竦《すく》めた。

「……絶対に電話しない、って、啖呵《たんか》切っちゃったんですよね……」

すると片桐さんは盛大に噴き出して、お腹を抱えて笑い出した。

「ふ、古川さん、外見に似合わず、結構ヤンチャなんですねっ！」

「外見に似合わずって、どういうことですか」

「イヤイヤ、大人しそうに見えるから！　ギャップ萌えギャップ萌え！」

「何がギャップ萌えなんですか……」

胡乱《うろん》な目をするわたしを尻目に、片桐さんは「あー、おかしい」と言いながら、目尻の涙を拭《ぬぐ》っている。そしておもむろに、わたしのグラスに白ワインを注《つ》ぎ足した。

「まぁ、真剣な話」

彼女は自分のグラスにもワインを注ぎながら、口元に笑みをたたえつつ、片眉を上げて見せた。

「プライドも大事ですけど、せっかくのフィレンツェ、気持ち良く味わった方がいいと思いませんか？」

「……はい」

「だったら、仲直り、するべきですよ」

「ね？」と目で促され、わたしはもう一度「はい」と頷いた。

にっこりする片桐さんの前で、わたしはゴソゴソと鞄からスマホを取り出した。

腕時計を見れば、こちらは現在十七時――となれば、日本は今二十四時だ。就寝の遅い悠基ならば、まだ起きているだろう。

わたしは意を決してスマホを操作しようと左手に持ち替えた。その瞬間――

アルコールのせいか、もたついてしまい、スマホを取り落としてしまった。


ポチャン。


絶句した。

わたしだけじゃない。

片桐さんも、固まっていた。

「きゃあああああああ!!」

わたしは絶叫して、グラスの中のワイン漬けになったスマホを取り出した。

――なんで!! どうして!!

かくして、わたしのスマホは水没した。

フィレンツェ一日目。

悠基との連絡手段を断《た》たれ、わたしの憂鬱《ゆううつ》な一週間が確定した瞬間だった。

＊＊＊

次の日。

グイード・マレスカとの対談は、彼の工房で行われた。

マレスカは、驚くほどのイケメンだった。

百八十はあるだろう長身に、黒髪と浅黒い肌、そしてハッキリと整った容貌。

その華やかなオーラに既視感《きしかん》を覚え、あっと思った。

――この人、悠基に似てるんだ！

もちろん顔が似ているわけじゃないけど、雰囲気がよく似ていた。

わたしの前に立ったマレスカは、にっこりと人好きのする笑顔を見せて、手を差し出した。

「はじめまして、グイード・マレスカです。グイードと呼んでください。……アイリ、と呼んでもいいですか？」

イントネーションまで完璧な日本語を聞き、わたしは唖然《あぜん》としてしまった。

目の前に大きな手を差し出されて、慌てて握り返し、コクコクと頷いた。

「も、もちろんです。こちらこそ、はじめまして。……日本語、お上手ですね」

するとマレスカはニコッと嬉しそうに笑った。

「本当に？　良かった！　久し振りに日本語を使うから、ちょっと心配でした。僕は十歳から十五歳まで、日本で過ごしたんです……あ、育ったんです、が正しい？」

「どちらでも大丈夫です。すごい！　日本育ちってことですか！」

「そう、父の仕事のために。結構大きくなってからだったから、言葉を覚えるのにすごく苦労しました。……でも、苦労した甲斐《かい》はあったかな」

いったん言葉を切った彼は、握っていたわたしの手を持ちかえた。

え？　と不思議に思っていると、くっきりとした二重の飴色《あめいろ》の瞳を甘く煌《きら》めかせて、わたしの手を自分の口元へと運んだ。

「――アイリ、美しいあなたと、こうして話せるのだから……」

ちゅ、と小さなリップ音がして、手の甲にキスが落とされる。

ぞわぞわぞわ、と鳥肌が立った。

「お前は望月悠基かっ!!」

手を振り払い、一喝《いっかつ》する。

まるで悠基がそこにいるかのようだ！

けれど悠基にされるキザったらしい言動には免疫《めんえき》があっても、他の男性からのそれには、ハッキリ言ってサムイとしか感じない。

思わず口をついて出たわたしの台詞《セリフ》に、今度はマレスカが目を見開いた。

「モチヅキ、ユウキ――？　あなたは、ユウキを……知っているの？」

「あっ、し、知ってるっていうか……！」

マレスカと悠基が知り合いだったことを思い出して、わたしは慌てた。

余計なことを口走ってしまったかもしれない……！

マレスカはスッと目を眇《すが》めた。

「……もしかして、恋人？」

ずばりと言い当てられ、情けなくも顔に血が上るのを抑えられなかった。

あああ、もう、わたしは悠基のこととなると、冷静さをどこかへやってしまうのだ。

あわあわとうろたえるわたしを見て、マレスカはニヤリと笑った。

「Fantastico!!」

イタリア語が理解できるわけもなく、クエスチョンマークを顔に貼りつけていると、マレスカは人好きのする柔らかな笑顔で言った。

「対談、始めましょうか」

どうやらそれは背後にいた片桐さんと、カメラマンさんに向けられたものだったようで、彼らは我に返ったように「あっ、そっ、そうですねっ！」「じゃあ、始めましょう！」と慌てていた。

わたしはトマトのように赤くなっているだろう頬を、両手で押さえて隠すほかなかった。


対談はスムーズに進み、その日の夕方にはすべて終わった。

初対面のときこそ、あれほどキザだったマレスカだけど、仕事となると非常に紳士的な態度に打って変わった。工房の中を好きに撮影させてくれたし、ジョークを飛ばして対談初心者のわたしの緊張を解《ほぐ》してくれた。

マレスカの語るジュエリーへの情熱は、わたしのデザイナー魂を大いに刺激し、最初は気になっていたカメラのシャッター音も、いつの間にか忘れていた。

「では、これで終了とさせて頂きましょうか」

片桐さんの満足そうな声で、対談は終わった。

「とてもいい記事になりそうです！　本当にありがとうございました！」

彼女は満面の笑みでわたしとマレスカに握手を求めた。対談の興奮がいまだ冷めやらず、わたしは淋しさを感じつつ、マレスカがにこやかに握手を交わす様子を眺めていた。

マレスカのデザインするジュエリーには、わたしにはない原始的な生命力のようなものがある。――真夏の太陽のような、ややもすれば野暮ったくなりがちなエネルギーを、マレスカは洗練された美へと整えてしまう。

――さすが、『Diamante Oggi Award』の覇者。

まざまざと自分との差を見せつけられたけれど、わたしには心地良い刺激だった。

以前のわたしだったら、おそらく凹《へこ》んでいただろう。マレスカの創り出す世界に圧倒されて、彼のようになれない自分を惨《みじ》めに思って。

けれど、わたしはわたしでいいのだと、悠基が教えてくれた。

そう考えて、いつの間にか、また悠基のことを考えている自分に気づく。

わたしはひっそりと苦笑を漏らした。

――ああ、結局、わたしはいつだって悠基を想ってしまうんだ。

――早く、帰りたい。

今から飛んで帰って、悠基の腕の中に飛び込みたい。

そう胸を焦《こ》がしていると、「アイリ」と名を呼ばれた。

ハッとして顔を上げれば、マレスカが眉を上げて苦笑いしていた。

「ボーッとしてたね？　彼――ユウキのことでも考えていた？」

またもや図星を指されて、わたしはギョッとして顔を赤らめた。

「なっ……！　そんなことないです！」

「ふぅん？」

マレスカは短くそう言いながら肩を上げた。それからドアの前に立つ片桐さんとカメラマンを指して言う。

「彼らはいったんホテルに戻るみたいだけど、あなたはどうする？　夕食を一緒に食べるから、後でまた合流することになるけれど」

「あ、じゃあわたしも……」

一緒に戻ります、と言いかけたわたしを遮《さえぎ》るようにして、マレスカが続けた。

「良かったら、僕のコレクションを見てみない？　天然石、なんだけど」

「見ます!!」

即答した。

わたしは天然石に目がない。それが高じてジュエリーデザイナーになったといっても過言ではないほどだ。

目の色を変えたわたしに、マレスカだけでなく、片桐さんたちも笑った。

「古川さん、本当に仕事熱心ですねぇ！」

「一瞬で顔つきが変わったなぁ」

クスクス笑いながら彼らは、「じゃあ、また後で」と手を振って工房を後にした。

わたしはマレスカと並んで彼らを見送った後、ハタと気がついた。

今この工房には、わたしとマレスカとの二人きりだ。

『あいつはめちゃくちゃ手が早いんだ！　そんな男の所にノコノコ出向くなんて、食べてくださいって言ってるようなもんだ！』

悠基の言葉が脳裏《のうり》を過《よ》ぎる。

——あれ……もしかして、ヤバいことしちゃってる……？

「さ、こっちだよ」

内心青ざめるわたしをよそに、マレスカはわたしの腰に手を回して歩き始める。

ちょ、腰に手とか!!　でもあまりにもナチュラルすぎて突っ込めない！

その一挙一動が、ほんっとうに、悠基を彷彿《ほうふつ》とさせるんですけど！　なんなのこのイタリア人！

悠基と双子か!!

殴りたい……！　けど、我慢しろ、わたし！

この人は仕事相手なんだから！

「あ、あのっ！　悠基と、知り合いだと伺ったんですが……！」

さり気なく彼の手から逃れようと動いてみるが、無理だった。そんなにがっちり掴《つか》まれてるわけじゃないのに、一体どんなトリックなんだ！

マレスカはフッと鼻で笑った。

「へぇ……？　ユウキ、僕のことを話したんだ？　なんて言ってた？」

頭上から降ってくる声が、やけに冷たくて、わたしはギクリとした。

──も、もしかして、この人って悠基とあんまり仲良くない……？

ダラダラダラと冷や汗が背中を伝う。

「マ、マレスカさん……？」

そろりと顔を上げると、それに気づいた彼は、にっこりと柔和《にゅうわ》な笑みを作った。

「やだな、マレスカさん、だなんて。グイードって呼んでよ、アイリ」

その微笑みを、どこかで見た気がする。

柔らかなようでいて硬質で、仮面みたいな──

記憶の底を探ろうとしていると、マレスカが茶色のドアの前で足を止めた。

ドアを開け、私を押し出すようにして中に入れる。部屋の中は薄暗く、ひんやりとしていた。

──北向きの、部屋だ。

石を扱うのに最も適した方角。

大きな窓があるのに、カーテンで陽の光を遮《さえぎ》っている。

わたしの視線を追ったのか、マレスカが言った。

「石の中には紫外線を嫌うものもあるからね。使わないときには必ずカーテンを閉めておくんだ」

「ああ、なるほど。ブルートパーズとかもあるんですか？」

ブルートパーズは、ホワイトカラーのトパーズに放射線を当てることで、変色させたものだ。深みのあるロンドンブルーや鮮やかなスイスブルーと呼称されるそれらのブルーは、日光を浴びると色褪《いろあ》せてしまうのだ。

「うん。トリートメントされたものもあるし、原石の状態のものもある。どっちを見たい？」

「原石の方で！」

即答すると、マレスカは笑いながら部屋の一角を陣取る大きなチェストの引き出しを開けた。

わたしは鉱物学者の父の影響か、ジュエリー用に加工された石よりも、まだ手つかずの原石を見る方が好きだ。

マレスカは引き出しの前で何かを考えている風だった。

「――うん。アイリには、やっぱりアレを見せようかな」

そう呟《つぶや》くと、開けた引き出しを閉めて、隣のもう一つのチェストを開いた。そこから小さな箱を取り出して、私の前にやってきた。

「はい、コレは僕のとっておき」

差し出された箱を受け取って、あれっと思う。

木でできた小箱。

どこかで見たことがある？

――今日はなんて既視感《きしかん》の連発する日なんだろう？

首を傾げながらも、それを開けると既視感《きしかん》の理由がわかった。

「――コレ……!!」

中に入っていたのは、ブラックオパールの原石。

エメラルドグリーンの海に赤や黄色の熱帯魚が煌《きら》めいているような美しさは、以前悠基が見せてくれたものと同じ輝きだった。

――同じ欠片《かけら》だ。

すぐにわかった。これは悠基が持つ石の欠片。

悠基の石の、片割れだ。

息を呑んで見入っているわたしを見て、マレスカがクスクスと笑った。

「ああ、やっぱりユウキが持ってるのを見せてもらったことがあったんだ？」

その言い方に揶揄《やゆ》するような響きがあって、わたしの警戒心が働いた。

この人は――

じり、と後退《あとず》さるわたしを、マレスカは嘲《あざけ》るような目つきで見た。

「あのブラックオパールを見せられて、口説かれた？　奴の手口だ。何人もの女が、それでベッドの中に引き込まれてる。あなたもその一人だったわけか、アイリ」

――やっぱり……

わたしは唇を噛んだ。

マレスカの放つ言葉に毒を感じ、わたしは確信した。

この人は、悠基を……

「ユウキは上手だろう？　人を操るのが。蕩《とろ》けるような笑顔とウィットに富んだ会話で、あっという間に人の心に入り込む。天性の女タラシだよね。あの口の巧さで、気難しい僕の伯父まで陥落《かんらく》させてしまったんだから」

マレスカが皮肉気な笑みを口もとに貼りつけて、肩を竦《すく》める。

わたしはもう一歩、後ろに下がった。

「ウチの一族はそれなりに名が通っていてね。伯父はそのドンなんだよ。多くの事業を手掛けていて、その繋がりでユウキと知り合ったらしい。もう十年ほど前になるのかな？　ユウキはまだ駆け出しの実業家で、伯父の足下にも及ばない存在だったにもかかわらず、何を気に入ったのか、伯父はヤツを傍に置くようになった。そのうちに、自分の後継者にしたいなんて言い出すから、もうウチは大パニックに陥ったよ！　だってそうだろう？　血の繋がりのある僕らを差し置いて、どこの馬の骨かもわからない日本人に、マレスカ一族の全てを譲渡するだなんて！」

マレスカは、さらに言葉を続ける。

自らをせせら笑うような彼の表情を見て、わたしは泣きたくなった。

既視感《きしかん》――でも、それは悠基を重ねたものなんかじゃない。

誰かを羨《うらや》んで、憎むことで、自分を蔑《さげす》み苦しんでいる、その表情は――

「しかも、あの男は断ったんだ！　一族の誰もが欲しがる、伯父の後継者という立場を自分には不要だと言い、アッサリと日本に帰ってしまった。まるでバカにしている！　伯父を、一族を、そしてこの僕を……!!」

ギリ、と奥歯を噛みしめるような仕草をして、マレスカはわたしを睨んだ。

このとき初めて、わたしはにこやかな甘い笑顔に隠されたマレスカの素顔を見た気がした。

マレスカは顎でわたしの持っている小箱を指した。

「そのオパール、小さいだろう？」

悠基のオパールは、確かにこれよりも一回りは大きいものだった。

「本当は、アレは僕がもらう予定だったんだ。あの鉱山から採れた最も大きなオパールを僕にと、叔父は約束してくれていた。それを、伯父はポッと現れた日本人に与えてしまった……」

マレスカの言葉は、もう私に向けられたものではなかった。

マレスカは自分に向けて喋っているのだろう。彼の飴色《あめいろ》の瞳はどこか遠くを見ていた。

「あなたの、伯父さんって、あなたにとって……」

わたしは言葉を挟んだ。

たぶん、マレスカにとってとても重要な人。

彼はその人に認められることで、自分の存在を確かめてきたのかもしれない。

——まるで、笑里の存在に依存し過ぎてきた、わたしのようだ。

マレスカのような、恵まれた人が、なぜそんなことを思うのだろう。

見た目も美しく、こんなにも才能に溢れた人が、どうして？

もっと自信を持っていいのに。

するとマレスカは、揺らいでいた目の焦点を、スッとわたしに戻した。

わたしと目が合うと、こくり、と首を右に傾げた。子供のような仕種《しぐさ》だった。

「……伯父は――僕にとって、絶対の存在だ」

「……絶対……」

返ってきた言葉の強さに、わたしは驚いた。

「僕の父は、祖父の婚外子だ。マレスカ一族の厄介者だった父の子である僕を、伯父はマレスカの一人に加えてくれた。だから僕は伯父の恩に報いるために必死でやってきた。血の滲《にじ》むような努力をして、マレスカの名に恥じぬよう、何もかも完璧にこなせるように……」

「マレスカ……」

「そうして築いてきた僕という存在を、ユウキは否定したんだ。まるで小石でも蹴飛ばすように」

――ああ、この人は、以前のわたしだ。

わたしは目を閉じた。

笑里になりたくて、でもなれなくて、その現実を直視したくなくて、全てを捨てて逃げ出した。

自分の弱さを笑里のせいにして、逃げ出すことを正当化して、どうしたいかもわからないまま、ただ意地を張って生きていた、あの頃のわたし。

マレスカは、わたしと同じなんだ。

「あなたは、間違ってる。マレスカ」

わたしは静かに言った。

そう。マレスカは間違っている。

わたしの否定に、マレスカが鋭い眼光を向けた。

「間違ってる？　僕が？」

明らかに威嚇《いかく》している声音だったが、わたしは怯《ひる》まなかった。

まるで過去の自分と相対しているようだったから、怖さは微塵《みじん》も感じなかった。

「ええ、間違ってる。悠基はあなたを否定したりなんかしていない。彼には彼の大切なものがあって、それがあなたの伯父さんや、あなたとは違っただけよ」

マレスカにわかって欲しくて、わたしは一生懸命言葉を探した。

悠基を擁護《ようご》したいわけじゃない。確かに悠基には傲慢《ごうまん》なところがある。彼は容姿や才能や、様々な面で恵まれているため、意図せずして酷く無神経になってしまうことがあるのだ。

実際にこうして、悠基のとった行動が理由で、マレスカがこんな風に傷つき、苦しんでいることを考えれば、悠基には慎重になれと小一時間ほど説教をしなくてはと思う。

でも、今大事なのは、そこじゃない。

どうしたらマレスカに伝わるのか、わたしは考えを巡らせた。

「君に、何がわかる!!」

マレスカが感情を爆発させた。

男の人の怒声に、足が震えそうになる。

——でも、ダメだ！　今は負けられない！

わたしが負ければ、たぶんマレスカはずっとこのままだ。

自分を卑下《ひげ》したまま、苦しんでいくんだ。

——そんなのは、ダメだ。

どうしても、わかって欲しかった。

わたしが悠基に救われたように、自分自身が作った檻《おり》から、マレスカにも自由になって欲しかった。

わたしはお腹にグッと力を込めて、気力を振り絞った。

「そうね、わからないかもしれない。あなたの苦しみはあなただけのものだもの。でも、その苦しみに、悠基は関係ないってことだけは、わかるの！　だって、あなたが苦しいのは、あなたが自分を認めていないせいだもの！」

わたしが対抗するように声を張り上げると、マレスカがパチパチと瞬《まばた》きをした。

しばらく沈黙が降りて、彼がわたしの言葉を反芻《はんすう》しているのだとわかった。

「——僕が、僕を認めていない？」

「そう。あなたを否定したのは、悠基じゃない。あなた自身よ。伯父さんに認められたくて頑張ってきた自分ではなく、悠基を選ばれて、傷ついたのよね？　でも、だからと言ってあなたが否定されたわけじゃないわ。選ばれなかったことは、否定とは違うの。それがあなたにとって、正しい選択肢じゃなかったってだけ。あなたの……あなただけのための選択肢が、必ずあるの」

そう。わたしにとって、零ちゃんがそうでなかったように。

わたしにとって、悠基がそうだったように。

けれどマレスカには伝わらなかった。

酷く淋し気に笑うと、マレスカは呟《つぶや》いた。

「……それは、詭弁《きべん》だ、アイリ」

その笑顔がまるで泣いているように見えて、わたしは哀しくなった。

どうして。

「伯父さんじゃなきゃ、ダメなの？」

「え？」

「だって、あなたはそのままで充分に魅力的だもの。ハンサムだし、才能に溢れているし。あなたの作るジュエリーは、見る者の心を鷲掴《わしづか》みにする。『Diamante Oggi Award』で最優秀賞を取ったでしょう？ それだけでもわたしには、眩《まぶ》しいほどなのに。きっと他の人たちにとっても！ 伯父さんじゃなくてもいいじゃない。あなたを認める人は、世界中にいっぱいいるわ！」

わたしは必死に説得した。

——だって、マレスカはわたし自身だから。

だから、自分で創り出した呪縛から彼を解放することで、過去の自分をも解き放ちたいんだ。

よく考えれば、ずいぶんエゴイスティックなことをしている。マレスカを救いたい、だなんて言っておいて、結局は自己満足でしかないのだから。

それでも、そういうお節介で人と人とは繋がっていたりするんじゃないだろうか？　迷惑がられることもあるだろうけど、でも救われる人だって、きっといるはず。

わたしの言葉を、マレスカは目を瞠《みは》ったまま聞いていた。

そして、ふっと静かに笑った。

「そうだな……そこまで言うなら、あなたに、僕を選んでもらおうかな。アイリ」

――えっ……

言われたことを理解できず、わたしはポカンと口を開けた。

――わたしが、マレスカを選ぶ？

それって、つまり……

顔から血の気が引いていった。

わたしの顔には怯えが表れてしまっていたのだろう。マレスカは面白がるようにニタリと口の端を上げる。

そして長い脚で一歩詰め寄り、わたしの髪を一すじ指に絡ませた。

「あなたが言ったんだよ。僕を魅力的だって。だったら、僕を選んでよ」

甘く囁き、マレスカはわたしの髪にキスを落とした。

「ダッ、ダメ……‼」

わたしは必死で首を振り、マレスカの胸を押した。けれど、いつの間にか腰に回っていたマレスカの腕が、それを許してくれなかった。

気がつけば、がっちりと大きな腕の中に抱きしめられていて、わたしはパニックに陥《おちい》った。

何がどうしてこうなった!!

「アイリ……」

マレスカがわたしの耳に熱っぽく囁き、そのまま顔を移動させた。

ちょ、ま！

「ぎゃあああ！　ちょっと待って！　無理無理無理っ！　ダメ！　ダメって!!」

半泣きで絶叫して目を閉じたわたしは、そのとき何が起きたのかわからなかった。

ドカッと鈍い音がして、わたしを拘束《こうそく》していた腕が外れた。

「愛理に触るな！」

唸《うな》るような低い声が鼓膜を打って、わたしの身体を強い力で誰かが抱きしめた。

――ウソ……

包み込まれる腕の中、鼻腔をくすぐったのは、シトラスの混じったグリーンノートだった。

わたしは恐る恐る目を開いて、現実を確かめた。

「――悠基……!!」

悠基が、いた。

広い胸の中にしっかりとわたしを抱いて、ハンサムな顔を般若《はんにゃ》のように歪《ゆが》めて、マレスカを睨みつけていた。

――悠基だ！　本当に、悠基だ！

空港で喧嘩別れをしてからずっと、会いたくて会いたくて仕方なかった。

喧嘩をしたことを、ずっと後悔していた。

スマホを壊してしまって、声も聞けずに本当にキツかった。

「悠基……！」

なぜここにいるのか、どうやってここに来たのか、など疑問はいっぱいあったけれど、わたしは悠基に会えたことがただ嬉しかった。

腕を伸ばして悠基の首に縋《すが》りつけば、さらに強く抱きしめてくれる。

――ああ、本当に、悠基だ！

わたしはその存在を確かめるように悠基の首や肩を手で擦《さす》り、マレスカを睨んでいた顔を自分の方へ無理矢理向かせた。

悠基は不機嫌そうにわたしを見下ろした。

「十五時間」

「――え？」

言われた言葉の意味がわからず、わたしは聞き返した。

てっきりいつものキザな台詞《セリフ》が出てくると思ったのに……十五時間？

なんのことだろう？

すると悠基はますます眉間に皺を寄せた。

「君への電話が繋がらないとわかってから、きっかり十五時間！　約束通り、駆けつけたぞ！」

「ちょ……」

おそらく、今から十五時間前に悠基はわたしに電話したのだろう。そして繋がらないことがわかった。それから、わたしが予想した通りの行動――金に糸目をつけず直行便の席をもぎ取って、取るものも取り敢《あ》えず駆けつける――に出たのだろう。

「いくらかかったのよっ!!」

「とりあえず君は反省しろ！」

脳ミソが庶民なわたしの絶叫を、悠基は一喝《いっかつ》して制した。

普段穏やかな悠基には珍しく、本当に怒っているらしい。

「どれだけ心配したと思ってるんだ！　電話が不通になって駆けつけてみれば、危惧《きぐ》していた通り、グイードに迫られて身動き取れなくなっているときた！　金の心配をする前に、オレの心臓の心配をしろ！　心因性の心不全にでもなったら、君のせいだからな!!」

怒鳴りちらす悠基の目の下に、濃い隈《くま》があるのを見て、わたしはいたたまれなくなった。ただでさえ忙しい悠基が、ここへ来るためにどれほどの無理をしたのだろう？　飛行機の中でも寝ずに仕事をしていたに違いない。

悠基だけじゃない。その他大勢の人たちに迷惑をかけてしまっただろう。

そう思うと、申し訳なさにうなだれる思いだった。

スマホが壊れた段階で、ホテルのパソコンを借りてメールの一つでも入れておけば良かったのだ。

「ごめんなさい」

素直に謝ると、悠基はつり上げていた眦《まなじり》を下げた。

「オレとの連絡手段を断《た》つなんて、二度とするな。寿命が縮んだ」

別にわざと断《た》ったわけじゃなかったけれど、素直に頷いた。

「はい」

「わかればいい。行くぞ」

抱きしめられていた腕が腰に回され、わたしの視界が広がった。そこで初めて、部屋の隅で倒れているマレスカに気がついた。

悠基の姿を見てから、すっかりマレスカのことを忘れていた。非常に申し訳ない。

「マレスカ……」

と声をかけて、彼の左頬が赤く腫れ上がっているのを見て、ギョッとした。

悠基の方をサッと睨めば、逆に睨み返されてぐうの音も出ない。

「構うな」

悠基はわたしの腰を押して歩き始める。

マレスカが殴られたのは、半分はわたしのせいだ。危機を感じた時点で逃げれば良かったのに、下手な説得をしようとしてしまったものだから。

わたしは悠基に押されながらも、背後を振り返って叫んだ。

「ごめんね、マレスカ！」

横からは舌打ちが聞こえたけれど、気にしないことにした。

するとマレスカは顔を上げてわたしを見て、ニヤッと笑った。

それはどこか吹っ切れたような清々しい笑みで、わたしは、あっと思った。

――少しは、役に立てた？

「ねぇ、マレスカ！　きっといるから！　そのまんまのあなたを受け入れてくれる人が！」

だから、そんな風に自分を蔑《さげす》まなくていい。自分らしく生きていればいい。

そう祈るように言うと、悠基が溜息を吐いて、顔だけマレスカに向けた。

「グイード。アウレリオがお前を後継者に選ばなかったのは、お前が劣《おと》っていたからじゃない。秀でていたから、あえて選ばなかったんだ。お前のそのアートの才能を潰してしまうのが惜しかったのだと言っていた」

悠基の言葉に、マレスカが目を見開いた。

悠基はフンと鼻を鳴らして、再び前を向いて、わたしを促して歩き始める。

悠基の歩調に合わせながら、わたしは心が温かくなった。

――ああ、そうだったんだ！

マレスカとマレスカの伯父さんも、言葉が足りなくて、意地を張っていて、ほんの少しすれ違っていただけなんだろう。

人と人は、本当に些細《ささい》なことですれ違う。

けれど、元に戻ることも、そんなに難しくないのかもしれない。

マレスカも、きっともう大丈夫だ。

そう思って一人ニヤついていると、背後から声がかかった。

「アイリ！　今度は僕が会いに行くから！」

悪びれない彼の台詞《セリフ》に、わたしは思わず噴き出した。

ドアを開けているところだった悠基が、もう一度忌々《いまいま》しそうに舌打ちをした。

「誰が会わせるか！」

悠基は吐き捨てるように言うと、今度こそ部屋を出て、バタン、大きな音を立ててドアを閉めたのだった。

＊　＊　＊

その後どうなったかといえば——

問答無用でホテルに直帰させられたわたしは、部屋に着くなりベッドの上に放り投げられる羽目になった。

「ちょ、ゆ、悠基っ……！」

のしかかってくる大きな体躯に焦って声を上げれば、ちゅ、と唇にキスをされた後、麗《うるわ》しい微笑みを返された。

「オシオキと、ご褒美、どっちが先がいい？　愛理」

「お、オシオキとご褒美……!?」

「オレをキリキリ舞いさせたオシオキと、十五時間以内に駆けつけたご褒美、だよ」

「ち、ちなみにどっちがどんなことをされるんでしょうか……？　わたし、明日は編集さんと観光の約束が……」

イヤな予感しかしないけれど、一応聞いてみると、悠基はにっこり笑顔のまま、しばらく沈黙した。

……ますますイヤな予感がして、なんだか泣けてきた。

「どっちにしても、明日はベッドから出られないと思って諦めてくれる？」

「いやぁあああああああ!!」

翌日、宣言通り、わたしはベッドから一歩も出ることができず、ご機嫌で介護する悠基を睨みつけることになったのだった。

恋愛小説「エタニティブックス」の人気作を漫画化!

EC Eternity COMICS エタニティコミックス

おとなしく、僕のものになりなさい。

ロマンティックにささやいて

漫画：琴稀りん　原作：桜木小鳥

B6判　定価640円＋税
ISBN 978-4-434-17577-0

小説にも書けない“イイコト”しようか?

ロマンスライターズ・ラブストーリー

漫画：流田まさみ　原作：真砂耀瑚

B6判　定価640円＋税
ISBN 978-4-434-17934-1

春日部こみと（かすかべこみと）
『切ない』をモットーにした恋愛小説を書くべく、
日々精進中。珈琲と筋肉と古い映画をこよなく愛する。
「あたしは魔法使い」にて出版デビューに至る。

イラスト：gamu

キスの格言（きすのかくげん）

春日部こみと（かすかべこみと）

2013年10月31日初版発行

編集－阿部由佳・斉藤麻貴
編集長－塙綾子
発行者－梶本雄介
発行所－株式会社アルファポリス
〒150-0013東京都渋谷区恵比寿4-6-1 恵比寿MFビル7F
TEL 03-6277-1601（営業） 03-6277-1602（編集）
URL http://www.alphapolis.co.jp/
発売元－株式会社星雲社
〒112-0012東京都文京区大塚3-21-10
TEL 03-3947-1021
装丁イラスト－gamu
装丁デザイン－ansyyqdesign
印刷－大日本印刷株式会社

価格はカバーに表示されてあります。
落丁乱丁の場合はアルファポリスまでご連絡ください。
送料は小社負担でお取り替えします。

ISBN 978-4-434-18502-1 C0093